JN067581

少年しのび花嫁御寮

Fuyuko Sano
沙野風結子

CHARADE BUNKO

Illustration

奈良千春

CONTENTS

序幕

目を開けて、晶はほの蒼い月明かりに照らされていることを知る。

横たわったままのろりと視線を巡らせると、あたりには花が満ちていた。

枝に群がる桜、牡丹、木蓮、向日葵、菊、秋桜、椿——四季の境目もない花々だ。「あの世」では花が咲き乱れていると聞くから、きっとここがそうなのだろう。

「祖父ちゃん……」

それならば、祖父と再会できる。

一年ほど前に祖父が亡くなってからというもの、晶は人里離れた山間にぽつんと建つ庵で、ひとりで暮らしを立てていた。

その小屋に突如、見知らぬ男たちが押しかけてきて、晶は彼らに襲われたのだった。おそらく、あの時、格闘の末に落命したのだろう。

浴衣一枚だけをまとった薄っぺらい身を震わせる。

「シンシャ……シンシャ」

自分を守ってくれようとして襲撃者たちに立ち向かった唯一の友であり、家族にも等しい犬の名を呼ぶ。いつも呼べば飛んでくるのに、現れない。ここにいないということは、シンシャは助かったのだろう。そのことに晶は血の気のない頬を緩め、改めて思う。

――もう、これで逃げ隠れしなくていいんだ。

死に対する絶望よりも安堵感が、胸を浸していた。

ひとつ深呼吸をして、すぐ横に落ちている植物を手に取る。花菖蒲だ。すらりとした刀を思わせる葉に、青紫色の花弁をつけた高貴な姿をしている。

鼻先にそれを寄せて、そっと匂いを吸いこむ。

「……」

晶は小首を傾げ、もう一度嗅いでみた。やはりなんの匂いもしない。

思えば、これだけたくさんの花があれば噎せ返るほどの芳香に包まれるはずなのに、それもなかった。花も死んでしまっているから、香りがないのだろうか。晶は改めて、自分を囲む花々を見た。これらはすべて、命を終えた花なのか……。

ふいに、胸から腹までに大きな穴がぽっこりと空いたかのような感覚が湧き起こった。死の恐怖がようやく実感として押し寄せてきたのだ。

もがくように上体を起こして立ち上がろうとしたとき、花々の陰から近づいてくる人影があることに気づいて、晶は身を硬直させた。

ここがあの世ならば、あれは死人に違いない。

瞠目したまま、息を殺す。

次第に人影は大きくなるのに、足音はまったくしない。その人は四季の花をまとっていた。いや、よくよく見れば、それは色打掛にほどこされた刺繍であった。

たいそう背の高いその男は立ち襟シャツに幅広のタイを結んだ洋装姿で、背広の代わりに色打掛を肩にかけている。その浮世離れした様子とは裏腹に、漂う気配や足取りには鍛錬を積んだ者特有の抑制が利いているように感じられた。

額にかかる前髪から垣間見える双眸には、死人のそれとは思われない猛々しい煌めきがある。

――まるで、虎だ……。

虎というものをじかに見たことはないが、祖父が守り絵として寝間の襖に描いてくれた虎を毎晩眺めながら眠りに就いていたのだ。

あの虎が命を得て、立ち現れたかのようで。

しかし、いま目の前にいる者は、晶を守ってくれる虎ではない。

腕のひと振りでか弱い獲物を仕留められる余裕に口角を歪めて、男が晶を見下ろす。

「捜し求めていたものが、こんなただのガキだったとはな」

晶は擦れ声になりながらも、問いかけた。

「あなたは――死神なんですか?」

このような威圧感と存在感があって死者の国にいる者ならば、死神であろうと思ったのだ。

男はその問いかけには答えずに、広い肩を震わせた。そうして、晶に向けて身を投げ出してきた。月明かりに翻る打掛はまるで降る花のよう。

気が付いたときには、男は晶に覆い被さっていた。抗おうとするけれども、庵で襲撃者たちと格闘した際に傷ついた身体は鈍痛と発熱で、思うように動かない。両手首を易々と男の片手にひとまとめにされ、強い指で顎を摑(つか)まれる。

そうして男は、夜行性の獣のように光る眸(ひとみ)で、晶の目を覗(のぞ)きこんできた。

「この眸——探し物に間違いない」

満足げにそう呟(つぶや)いてから、男は嘲笑(あざわら)う吐息を晶の唇に吹きかけた。

「お前ごとき、三日三晩もあれば完全に落とせる」

花には匂いがなかったのに、男からは山梔子(くちなし)の香りが漂っていた。

一

晶の記憶の始まりは、ひらめく蝶の翅だ。

その白い蝶は、晶の筆を握る手許から飛び立った。午後の陽光のなかをひらひらと舞うその姿を目で追っていると、祖父が庭から濡れ縁に上がってきた。

「おや、モンシロチョウか」

祖父が目を細めて外へと飛び去る蝶を見送ってから、部屋の畳を踏んだ。そして孫が畳に和紙を広げて落書きをしているさまに微笑み——そのまま笑みを凍りつかせたかと思うと、慌ただしく障子を閉めた。

「これは、お前……」

そして晶のすぐ傍に膝をつき、畳のうえにあるものを指差した。

晶は答えた。

「チョウチョウ」

白い蝶の骸だ。その蝶は落書きをしようとしていた晶のところに飛んできて、右に左に上に下にと不安定に舞い狂ったのち、畳にぽとりと落ちたのだった。そしてもう動かなくなった。

よくわからないけれども晶はとても悲しい気持ちになった。その気持ちのままに、蝶を墨で和紙に写し取ったのだ。蝶の煌めきも写し取りたかったから、墨に水晶の粉を混ぜてみた。

祖父が低めた声で訊いてくる。

「あの蝶は、その蝶であったのか？」

『あの蝶』のときは外のほうへ、『その蝶』のときは畳の蝶へと、祖父は震える指先を向けた。

「そうだよ！」

晶は頬を輝かせて教えた。

「げんきになったの」

その時に祖父がどんな表情をしていたのかは思い出せない。ただ、それから数日後、祖父は晶を連れて住んでいた里を離れたのだった。晶が数えで四つのころのことだ。

以降、一度も里に――伊賀の里に帰ったことはない。祖父はしばらくのあいだ晶を連れて、人目を忍びながら各地の山奥を転々としていたが、人里離れたある山間の地に庵を結び、腰を落ち着けた。

崖下に清流があり、近隣にいくつもある洞窟では岩絵具の原料を採掘できたので、それを顔料に加工して売ることで生計を立てていた。

質のいい水晶が大量に眠る洞窟もあった。水晶には岩絵具の発色を鮮やかにする効能がある。

晶の名も、水晶を由来としている。

晶の家系は代々、画才に恵まれており、晶が生まれて間もなく亡くなった父などは桁外れの画力を有していたらしい。

「晶、お前は父親の力をそのまま引き継いでおる」

ある日、顔料作りの作業の手を止めて、祖父が重い声音でそう告げてきた。

「父さんの、力？」

数えで十一歳の晶もまた、鉢のなかの緑青色の孔雀石(くじゃくせき)を砕く手を止めた。

「お前に禁じている、あの術のことじゃ」

ずいぶんと前に、晶は死んだ蝶を描き写し、甦(よみがえ)らせたことがあった。以来、祖父から二度と死んだものを描いてはならないと繰り返し厳しく言い含められてきた。

……しかし、実は一度だけ、祖父に内緒でその術をもちいたことがあった。晶は作業場の片隅で前脚に顎を乗せて眠っている犬へとそっと視線を向ける。二年前、晶のために祖父がもらい受けてきた犬だった。コロコロとした赤毛――ほかにはいないほど赤に近い毛色をしている――の仔犬(こいぬ)に、晶は赤の顔料となる鉱物である「辰砂(しんしゃ)」の響きを与えた。

シンシャのおでこには、まるで公家の丸い眉のような白い斑がふたつあって、それがたいそう愛らしい。ただ、そのように生まれついてしまったものか、一年たっても仔犬のころとほとんど大きさが変わらなかった。

それでも賢くてすばしっこくて勇敢なシンシャは、晶の守り犬であり、家族であり、唯一の友でもあった。

だが去年、祖父が町へと顔料を売りに行っているあいだに兎(うさぎ)を狩ろうと山にはいった晶が猪(いのしし)に襲われたとき、シンシャは身を挺(てい)して晶を守り、命を落としてしまったのだった。晶は泣きながらその小さな骸を抱いて庵に帰った。シンシャの命を返してほしいと神仏に祈ったが、なにも起こらなかった。

その時に、ふとモンシロチョウが脳裏をよぎった。畳のうえの死んだモンシロチョウと、陽光のなかへと飛び去っていくモンシロチョウだ。

晶は心を籠めて墨を磨り、そこに水晶の粉を混ぜ、一心不乱にシンシャを和紙に写し取った。姿かたちというよりは、存在そのもの、光る魂のかたちを描くのだ。

描き終えたものの、なにも起こらない。失意に目の前が曇りかけたときだった。ふいに絵のなかのシンシャの毛が一本一本立ったように見えた。錯覚かと、晶は腕で目を擦る。すると今度は水浴びをしたあとのように、紙のなかの犬がブルルンと身震いした――かと思うと、そのくるりとした尻尾が紙のなかからぴょこんと現れ、次に黒々とした鼻先が突き出てきた。短くて太い脚が紙を踏み締める。

和紙は白紙に戻り、墨と水晶はシンシャの血肉と魂になった。

『シンシャ！』

泣きながら抱きつくと、シンシャは振り切れんばかりに尻尾を振って、晶の涙をべろんべろんと舐めた。

残された骸を庵の傍らの百日紅の下に埋め終えたとき、ようやく、祖父から死んだものを甦らせてはならないと厳しく言われていたことを思い出した。

けれども後悔はなかった。自分の周りをぐるぐる走りまわるシンシャの姿に、嬉し涙が止まらなかった。おそらく、蝶よりもシンシャを生き返らせるほうが、力のいることだったのだろう。それから三日のあいだ、晶は熱を出して寝込んだ。でもシンシャがずっと傍にいてくれたから、少しもつらくはなかった。

「お前の父親は」

祖父の昏い声に、過去から引き戻される。

「あの術で命を失った」

晶は目を見開き、胸に拳を押し当てた。

「父さんが、あの術で……？」

「伊賀の頭領の命令で、あの術を使ったのじゃ。お前が同じ力をもっていることを知れば、頭領は今度はお前に力を差し出させるじゃろう。……わしにはそれが耐えられなかった。だからお前を連れて、ひそかに伊賀の里を出た」

伊賀の里の者たちは忍術を習得しており、各地に情報網を張り巡らせているのだという。

だからここでの生活も安泰を約束されているわけではなく、祖父は護身のためにと晶にいくつかの忍術を教えこんでいた。ただ、そちらのほうの素質にはあまり恵まれていないようで、基礎的な術ぐらいしか習得できなかった。

祖父が腰を上げて、晶と膝を突き合わせるかたちで座りなおし、砕き鉢のなかの孔雀石を掌に載せた。

「よいか、晶。ものにはそれぞれ質量があるように、魂にも質量がある。甦らせるということは、その質量ぶんを、お前の魂から引くことなのじゃ」

蝶を甦らせたときはなにも起こらなかったが、シンシャを甦らせたときには寝込んだ。

それは、そういう理屈だったのかと晶は理解し、神妙な顔で頷く。

「人ひとり甦らせるのには、人ひとりぶんの魂の質量に限りなく近いものが必要になる」

「ひとりぶん……」

「おのれの命と引き換えにする覚悟が必要ということじゃ」

「――」

祖父が、このところ急速に青灰色を帯びてきた目をしばしばさせる。

「もしわしになにかあったとしても、決して力を使うでないぞ」

その言葉に、晶は腹に風穴を開けられたような心地になる。

「祖父ちゃん、……やだよ。俺、やだよ」

祖父の着物の袂に縋りついて懇願した。

「どこにも行かないで。ずっと一緒にいてよ」

晶の細い両肩を枯れ木のような手でぐっと包みこみ、祖父がみずからにも言い聞かせるように告げてきた。

「人がこの世を去るのはことわりじゃ。お前はわしがおらんようになっても、その人生を最後まで生ききらねばならん」

「そんなの、できない」

「大丈夫じゃ。生きるのに必要なことはもうお前に教えてある。それに、お前を託せる者も見つけてある。決してひとりにはさせぬからの」

当時すでに、祖父は身体の不調を覚えていたのだろう。

寝込むことが次第に多くなり、それから六年後の冬、この世を去った。祖父が晶を託すはずだった者は現れないまま半年が過ぎた。もしかすると、伊賀でご法度とされている「抜け忍」となった厄介者の面倒を見るのが嫌になったのかもしれない。

それも仕方のないことだと晶は思い、祖父と暮らしていたころのままに、岩絵具を作っては卸問屋のある町まで売りに行った。シンシャはいつもお供をしてくれた。

祖父の言いつけを守り、できるだけ人と喋らず、町では顔を見られないように饅頭笠を深く被って俯きながら歩いた。

　自分の気持ちを奮い立たせていたけれども、これからずっとこんなふうに誰とも深く関わらずに生きていくのかと思うと、寂しくてたまらなくて、何度も禁忌の術で祖父を甦らせたい衝動に駆られた。

　そんなある日、岩絵具を問屋に卸した帰り道、橋の袂で七、八歳ばかりの女の子が蹲って泣いていた。関わるべきではないと一度は通り過ぎたのだけれども、啜り泣きに背中を叩かれて、晶は踵を返した。斜め後ろを歩いていたシンシャも一緒に女の子に駆け寄る。

「どこか怪我でもしたの？」

　腰をかがめて尋ねると、女の子が真っ赤に腫れた目を上げた。そして奇妙なものを見たように瞬きをした。

　晶は慌てて目を伏せた。晶の目は一見すると黒っぽい色だが、間近で見ると、光の角度によって色が変わるのだ。

「ごめん。気持ち悪いよね。――ねぇ、君はどうして泣いているの？」

　できるだけ優しい声で話しかけると、女の子は大きなしゃっくりをあげてから、消え入りそうな声で言った。

「アカヤジオウ」

「薬草の、赤矢地黄？」

「それが――それがねぇと、母ちゃんが死んじゃうって、お医者さまが」

赤矢地黄は補血、強壮に効く。昔、晶が高熱を出して寝込んだとき、祖父がそれで生薬を作ってくれた。

しかし赤矢地黄は薬草園で栽培されている希少な植物で、値が張る。

「父ちゃんはロシアに行ったっきりで、あたしには、母ちゃんしかいねぇのっ」

二年前、大正八年に講和条約が結ばれて終結した世界大戦では日本人の犠牲者はそれほど多くなかったというが、大戦末期から始まったシベリア出兵には何万人もの兵が投入されていると聞く。

この子の父親も出兵して、それで母と子で暮らしているのだろう。しかもここ数年は、米の価格がうなぎ上りで、滋養を必要とする病人には厳しいことになっていた。

弱っていく祖父と過ごした日々が思い出されて、晶は激しい嗚咽を漏らす女の子の前に片膝をついた。

「もしかすると、赤矢地黄を手に入れられるかもしれない」

「え…」

「明日、ここに、この時間においで」

そう言い置いて、晶は来た道を戻った。

顔料を売った金で、なんとか買い求められるかもしれない。薬種問屋や成薬店を回ったが、流行り病で求める者が多いこともあり、どこも欠品だった。隣の大きな町ならばあるかもしれないという話を耳にして、晶はすぐに街道へと飛び出した。

普通ならば大人の男の足で往復三日はかかる道のりだが、晶は祖父に鍛錬された忍特有の走り方で、その何倍もの速度で進んだ。シンシャも短い四足で飛ぶように走った。けれども隣町でも赤矢地黄を手に入れることはできなかった。

晶は落胆してとぼとぼと街道を戻りかけたが、ふいに立ち止まると、山へとはいっていった。細く流れる清らかな小川の傍らで座りこむ。背に斜めに負っていた風呂敷から小ぶりな硯を取り出すと、それに清水を汲み、墨を磨りはじめた。丁寧に墨汁を作り、それに水晶の粉を混ぜる。

心が向いたときいつでも描けるようにと携帯している和紙の綴りを開く。

そしてかつて見たことがある赤矢地黄を――その植物の光る魂のかたちを思い浮かべた。

筆先に墨をつけ、それを和紙に写し取っていく。しばし無心で筆を動かしてから、晶はゆっくりと筆先を和紙から離した。

……すると、墨で描かれた花弁がほの赤く染まって、紙のなかからぬうっと浮き出てきた。七輪の花をつけた赤矢地黄が茎も葉も根もつけて、白紙に戻った和紙のうえに転がる。

晶は赤矢地黄を手に取り、匂いを嗅ぎ、葉に触れた。生命の息吹がそこにはあった。それを懐紙で包み、画具をしまって街道へと戻る。

約束した時刻にはまだ少しあったが、昨日の女の子は橋の袂で膝をかかえて座っていた。晶が近づくと慌てて立ち上がり、駆け寄ってきた。その顔には期待と、期待すまいという頑なな色が入り混じって浮かんでいた。幼いながらに彼女なりの心の保ち方というものをすでに身につけているのだ。

晶は背の風呂敷をほどくと、懐紙に包まれたものを取り出して彼女に差し出した。

おずおずと両手でそれを受け取った女の子は、大きく深呼吸をしてから、懐紙を開いた。そして目と口を丸く開き、声にならない喜びの息を漏らした。

「これ――本当、に？」

「本物の赤矢地黄だよ」

「あ、ありがと……お兄ちゃん、ありがとっ。……でも、きっとお金が足んねぇ……」

喜びと悲しみに震える手で小銭袋を出す女の子に、晶は伏せた睫毛(まつげ)で眸を隠したまま笑いかけた。

「お代はいらないよ。その花が生えているところを知っていただけだから」

「え、で、でもっ」

「お母さん、よくなるといいね」

晶は女の子の頭をそっと撫でると、渡ったばかりの橋を戻り、町をあとにした。

あの赤矢地黄で、女の子の母親が助かるとは限らない。それでも母親にできる限りのことをしたという気持ちを、もたせてあげたかった。……祖父を亡くして一年近くたつが、あれをしてあげればよかった、これをしてあげればよかったと、鬱々と考えることがよくあったのだ。

だから禁じられた術をもちいたものの、久しぶりに晴れやかな気持ちになって、山間の庵へと戻ったのだが。

　情けは人のためならずというのは、いくつもの解釈ができるもので。

手にはいるはずのない赤矢地黄をなんの見返りもなく少女に渡した「玉虫色の眸の少年」の噂(うわさ)は、晶を捜す者たちの耳に届くこととなったのだった。

二

「っ、観念しろ。玉虫色の目のガキ」

猛然と暴れる晶を取り押さえながら、洋装の男が余裕の苦笑いで言う。

「なにも酷いことをしようってわけじゃねぇ。気持ちいいことをするだけだ——まあ、初めはいくらか苦しいだろうが、すぐによくなる」

男の大きくて厚みのある手が乱れた浴衣の裾からふたたび、はいりこんできた。腿の外側をぞろりと撫で上げられて鳥肌がたつ。

この死神らしき男はいったいなにをしようとしているのか。わからないけれども、ただただ怖くて、晶はだるくて熱っぽい身体で必死にもがく。祖父から習った体術をもちいて、膝を男の腹部に入れて弾き飛ばそうとすると、脚のあいだに男がぐっと腿を差しこんできた。

ひとまとめに摑まれた手を胸のうえで押さえつけられて、まともに呼吸ができない。苦しさに喘ぎながら、晶は裾がめくれて剝き出しになっている痣だらけの脚をバタつかせた。

そんな姿を、男がじろじろと眺める。

「その様子だと女も知らねぇか」

なにか馬鹿にされているらしいのはわかって、晶は言い返す。

「女の人ぐらい、知ってます！」

「へぇ？」

「このあいだだって、旅籠の女将さんや、あと女の子とだって」

驚いたように男が大きく瞬きをして、腿を撫でまわす手を止めた。

ほんのわずかに気持ちの余裕ができて、晶は男の顔を改めて見た。

男の目は虎目石を思わせる、暗い金色をまだらに混ぜた褐色で、虎を彷彿とさせる男の様子に、よく合っていた。彫りが深めの顔立ちは、目も鼻も唇も眉も癖のある力強さでありながら、それらの部品が絶妙に配置されているためか、全体で見ると鮮やかに整っている。眸の色からしても、もしかすると異国の血がはいっているのかもしれない。

自分が男を観察しているように、男に観察し返されていることに気づいて、晶は慌てて目を伏せた。玉虫色の眸などという気味悪いものを誰にも見られたくない。

晶は改めて言う。

「女の人と喋ったことぐらいあります……少しは」

一拍置いて、覆い被さっている男の身体が震えだした――かと思うと、弾けるような笑い声があがった。男はひとしきり笑うと、また晶の腿の、今度は内側を撫でまわした。腿を閉じたいけれども男の脚が深くはいりこんでいるせいで閉じられない。

「どうせ、そんなことだろうと思ったぜ。ああ、腹がいてぇ」

そこまで笑う理由はなんなのかと、腹立ちを覚えながら訊こうとした晶は、大きく目を見開いた。内腿を這っていた手が下腹部へと移ったのだ。下帯のうえから茎に触れられる。

「でもまぁ、自分でここはいじってるんだろ」

強い指に茎を摘まむようにされて、晶は蒼褪める。そこは急所であり、鍛えようのない弱い部位なのだ。

「いじる？　どうしてそんなことを？」

排泄器官を清浄にするのは大切なことだが、いじるという意味がまったくわからない。だから率直に返したのだが、今度は男のほうが目を見開いた。

「いや、だってお前、見たところ十五は過ぎてるだろ」

晶は眉間に皺を寄せる。

「数えで十八です」

男が唸って、しばし考えこみ、呟いた。

「未成熟なのは、代償ってやつか…」

そしてなにか不安を覚えたような顔つきになったかと思うと、急に晶の両膝の裏側を摑んでもち上げた。腰が高く浮き、身体を丸めるかたちにされる。浴衣の裾が完全にめくれて、下帯が露わになる。

「な、なにを――」

自分の下腹部へと男が顔を伏せるのを、晶は呆然と見詰める。下帯越しに肉厚な唇の感触を、茎に感じる。男の口が蠢いた。

――……食べ、られるっ。

あの世はあの世でも、ここは地獄で、この男は処刑人の人喰い鬼であったらしい。

「いや、嫌だッ！　助けて、助けて、祖父ちゃんっ――シンシャっ」

暴れながら声を振り絞る。

「っ、大人しくしてろ」

男が下帯に獣のように噛みついて首を振ると、布が裂けて陰茎が剝き出しになった。

それへと舌なめずりする男の口が近づいていく。

「や――だぁぁ」

晶の悲鳴に、いくつもの足音と怒声が混じった。その音のするほうへと晶は涙ぐんだ目を向ける。

火の玉が、あった。それは低い位置を飛び、ぐんぐんと近づいてくる。

「なんだ、あれは」

男が晶のうえから飛びすさると、一瞬前まで男がいた場所を火の玉が貫いた。真っ赤に燃えるそれが、晶へとつぶらな目を向ける。目のうえには白い麻呂眉があって……。

晶は上体を跳ね起こした。

「シンシャ——シンシャなのかっ!?」

友であり家族である犬は強い鳴き声で応えると、男へと飛びかかっていった。

男が打掛をシンシャへと投げる。すると打掛は生き物ででもあるかのようにシンシャに巻きついて動きを封じた。しかしすぐに打掛がめらりと燃えだす。

目の錯覚ではなく、シンシャはまるで小さな太陽みたいに炎を放っているのだ。

このままではシンシャが燃え尽きてしまう。晶は浴衣を脱ぐとシンシャの炎を叩き消そうとした。そうしているうちに、黒い作務衣(さむえ)のようなものを着た男たちが駆けつけた。山間の庵で晶を襲った男たちと同じ風体だ。

「これはどういうことだ?」

晶を喰らおうとした男が、どこか面白がる声音で尋ねる。

「虎目(とらめ)さま——あの犬が急に暴れだしたかと思ったら発火して、首の縄も燃やし尽くしてこちらに走ったのです」

どうやらシンシャは火をつけられたのではなかったらしい。晶の浴衣は燃えず、いつの間にかシンシャはいつもの赤毛の姿に戻っていた。

裂かれた下帯一枚の姿で、晶はシンシャを抱き締めた。

暴れたせいで髪を束ねていた紐(ひも)がほどけ、黒髪が骨っぽい肩に流れ落ちる。

「しかし本当に、あんな子供が力を?」

黒衣の男が煙管(キセル)に火を入れて虎目に差し出しながら問う。

「なによりもあの玉虫色の眸が証拠。だが、どうも少し厄介なことになりそうだ」

虎目は苦い顔でそう返すと、煙管を吸い、桜色の煙をふうっと吐いた。

その煙は命じられたかのようにまっすぐ晶とシンシャへと流れていった。


なにか甘い匂いの煙に巻かれて意識が遠退き、次に目が覚めたとき、晶は畳の部屋で布団に寝かされていた。見事な格天井(ごうてんじょう)には升目ごとに花の絵が描かれている。

いい香りがした。山梔子の香りだ。

それは晶自身から漂っていた。

身体を起こしてみると、萌黄色(もえぎいろ)の長襦袢(ながじゅばん)を着せられていた。どうやら意識がないうちに身を清められたらしく、髪や肌から山梔子の香りが立ちのぼる。

鈍い痛みが身体のあちらこちらにあるものの、発熱は治まってきているようだった。

「そうだ……シンシャもここに」

シンシャも自分と一緒に死んでここに来てしまったのだろうか。悲痛な気持ちになりながら立ち上がると、晶はふらつく足で襖へと向かった。シンシャを捜さなければならない。

しかし晶が開けるより先に、襖が横に大きく滑った。

あの虎のような男が、すぐ目の前に立っていた。三つ揃(ぞろ)えの背広だけを脱いだ服装だ。

虎目さま——確か、ほかの男からそのように呼ばれていた。

「早速、逃げるつもりだったのか」

そう言うと虎目は晶の胴を片腕でひと巻きして小脇にかかえると、襖を閉めた。布団へと放り投げられた晶は、男を睨(にら)みつけた。

「シンシャはどこにいるんですか？　無事なんですかっ？」

「シンシャ——ああ、あの犬っころのことか」

虎目が布団に膝をつきながら、にやりとする。

男に喰われかけたことを思い出して、晶は尻で後ずさろうとしたが、足首を摑まれた。

虎目の手が大きく、晶の足首が細いせいで、一周して指が余る。

「あの犬が無事でいられるかどうかは、お前次第だな」

「……」

晶は下唇をきつく噛む。すでに死んでいる身だ。身体を喰らわれてシンシャが酷い目に遭わずにすむのならば、それでかまわない。きっと自分が性根のよくない人間だから、シンシャは一緒にこの地獄に落とされてしまったのだ。

怖くて仕方ないけれども、俎板(まないた)の鯉(こい)の覚悟で、身体を仰向けに倒した。そして、男をキッと見据える。

「あの世の処刑人——人喰い鬼。俺のことは食べていい。でも、シンシャは逃がしてやってください。そうしたら、シンシャは極楽浄土にだって行けるから」

虎目が苦笑して頬を掻いた。

「おいおい、すげぇ言われようだな。処刑人だの人喰い鬼だの。それに、えらい勘違いをしてるようだが、ここはあの世じゃなくて、この世だぞ」

「えっ……？」

「お前は生きてるし、俺も生きてる。お前の犬も生きてる」

「————」

その言葉に心から驚き、晶は自分の身体に両手で触れてみる。確かに霊体という感じはしない。それでも信じきれずにいると男が晶に被さるかたちで四肢をついた。

手首を摑まれて、厚みのある胸の左側に掌を当てさせられる。

「な？　動いてるだろ」

しっかりした心臓の鼓動が、布越しに伝わってくる。

「……死んで、なかった、んだ」

身体中から力が抜けそうになりながら晶は愕然として呟く。

触れている男の胸にさざ波のような震えが走った。顔を見ると、笑いを噛み殺していた。

愚か者だと嘲笑っているのだ。

晶は手を引っこめ、男をまっすぐに見据えた。

「それならあなたは、人間を喰らう人間なんですね。俺のことは食べてもかまいません。その代わり、ひとつだけ頼みがあります」

「なんだ？」

「シンシャは野路丸（のじまる）という流しの犬師から祖父が譲り受けたものです。シンシャをその犬師のもとに返してください。……ひとりぼっちは寂しいから。シンシャにそれを味わわせるわけにはいきません」

しばし晶を見詰めてから虎目が頷いた。

「覚えておく」

「覚えておくのではなくて、約束してください。絶対です」

厳しく言い募ると、意外なほど真面目な顔で虎目が言ってくれた。

「わかった。約束する」

晶はほのかに笑むと、目を閉じた。

「どうぞ。召し上がってください」

食べられることにも死ぬことにも、怖さは確かにある。

けれども、死んだと思ったときに感じた安堵感が忘れられなかった。

ビクビクしながら孤独に隠れ生きることに、もう疲れ果ててしまっていた。このまま生きていても、自分は二度と誰とも温かく交わることがないのだ。そんな人生を守ることに、なんの意味があるだろう？

――祖父ちゃんのところに行きたい……。

顔を知らぬ父と母とも、あの世に行けば逢うことができるのだろう。

「――なら、喰わせてもらうとするか」

男の手が襦袢の裾にかかり、腰紐から下を左右に大きく割ったのを感じて、晶は思わず薄目を開けてしまう。下帯はなく、頼りない量の陰毛やほっそりした茎が、天井から吊るされた照明器具の明かりに照らし出されている。

やはり、陰茎から喰らうつもりなのだ。男の開かれた口が、下腹部へと降りていく。喰いちぎられる痛みと恐怖に、晶は両手を拳にして自分の目にきつく押しつけた。

「……」

だが、痛みは訪れなかった。

茎を温かく湿ったものに包みこまれている。おそるおそる拳を横にずらして自身の下腹部を見た晶は、顔を引き攣らせた。

茎が消えていた。やはり食べられたのかと思ったが、どうやら根元まで男の口内に収められているらしい。まるで飴でもしゃぶるみたいにされている。

こそばゆいような感覚と、小用をたすための部位を口にされているという衝撃に、晶は腰をよじった。すると虎目石のような眸が、こちらを見返してきた。

視線が合ったまま、男の唇がゆっくりと引き上げられた。唾液に濡れた茎が現れる。このまま口を外してもらえるのかと期待したが、それはまた根元へと降りていった。そうやって繰り返し、茎を引き伸ばされては、粘膜に包まれる。

虎目は長いこと、晶のそれを舐めたり啜ったりしていた。

そして晶は未知の感覚に歯を食いしばって耐えつづけた。

喰いちぎらないまま、ようやく虎目が茎から口を離し、上体を起こした。ひどく苛立った様子で、自身の髪を乱暴に手で引っ掻きまわした。

「やっぱり未精通の不感症か」

言っている意味はわからないが、どうやら虎目には食べる以外の目的があったようで、自分はそれを満たせなかったらしい。

晶は裾を掻き合わせて起き上がり、頭を下げた。

「すみません……、でも、どうかシンシャを虐めないで」

泣きそうになりながら懇願すると、顎の下に手指を入れて顔を上げさせられた。

虎目が片眉だけ吊り上げて、宣言する。

「三日三晩で落とせるってのは撤回してやる。それでも三月もあれば充分だ」

意味がわからないなりに、晶は懸命に解釈する。

「落ちたら、シンシャは無事に過ごせるってことですか？」

「……さっきからシンシャシンシャって、お前、少しは自分の心配をしたらどうなんだ？」

「シンシャは友達で家族なんです」

「犬畜生が家族か」

理解できないと言いたげに首を横に振ると、虎目は立ち上がり、晶に背を向けた。襖を開きながら横顔で言ってくる。

「言っとくが、犬畜生は極楽浄土には行けねぇぞ」

その横顔に自嘲が滲む。

「だからまぁ、俺も極楽浄土には、行けねぇなぁ」

三

シンシャはどうしているのか。ここはどこなのか。虎目は何者なのか。彼は晶のことを「探し物」と言ったが、なんのために捜していたのか。「落とす」とは、いったいどういう意味なのか。これから自分は、どうなるのだろう……。

落ち着いてくると、次から次へと疑問が湧き上がってきた。

食事を運んできた黒衣の男に尋ねてみたが、答えを教えてもらえたのはひとつだけだった。

ここが東京市（とうきょうし）であるということだ。

東京市が、日本有数の大都市であることは晶も知っている。祖父から見せてもらった一葉の銀板写真のなかに広がる東京市の街並みは、まるで別世界だった。それを何度、描き取って、そこを歩く自分を想像してみたかわからない。

あの別世界に、いま自分はいるのだという。部屋には窓がないため外の様子を見ることはできないけれども、それでも胸が高鳴った。

厠（かわや）や湯殿を使うときは、寝所の襖の向こうに常に控えている黒衣の男ふたりに付き添われることになっている。連れ去られて三日目の夜、湯殿へと向かう廊下に薔薇（ばら）が一輪落ちていた。晶はそれを拾い上げ、嗅いでみた。しかし、なんの匂いもしない。

訝（いぶか）しく思っていると、たすき掛けをした絣（かすり）の着物姿の少女が階段を上がってきて、「あった！」と声をあげて走り寄ってきた。どうやら晶が手にしている薔薇を探していたらしい。自分より少し年下らしい少女に花を差し出しながら、晶は尋ねた。

「どうして、匂いがしないいんだろう？」

するると、花を受け取った少女が吹き出した。

「だって、作り物だもん」

「作り物？」

「造花、見たことないの？」

茎の切り口を見せられて、晶はあっと声を漏らした。茎の内部に通されている針金が見えたのだ。

「……じゃあ、あのたくさんあった花もぜんぶ？」

「当たり前じゃない。ここは造花屋よ」

花ならば野山にあるのに、どうしてわざわざ作る必要があるのか。そう訊こうとすると、黒衣の男たちが少女に命じた。

「ツツジ、もう工房に戻れ。四階には来るなと言っているだろう」

少女は頬を膨らませてから、晶に手を振って階段を小走りに下りていった。

ここは東京市にある造花屋の四階で、あの匂いのしない花はすべて造花だったのだ。これまで町で二階建てを見たことはあったが、四階建てはそれこそ銀板写真でしか見たことがない。まるで空中に浮かんでいるような心地になった。

湯殿から戻ると、甘酒の載せられた盆が部屋の小机に置かれていて、そこには躑躅の造花が一輪添えられていた。ツツジの名をもつあの少女からの差し入れだろうか。本物の花でなくても、晶の気持ちは少し明るくなった。

三月の終わりは、夜になるとまだずいぶんと冷える。甘酒と花に身も心も温められて布団にはいると、かすかに女の笑い声らしきものや三味線の音が下方から聞こえてきた。この建物のどこかで宴会でもしているのだろうか。

ほどなくして襖が開き、虎目がはいってきた。藍色の長襦袢姿で、いくらか酔っているようだった。

同衾してきた虎目に、晶は背を向ける。

一昨日は茎を食べるみたいにされたが、昨夜は全裸にされて、胸や脇の下、身体のいたるところを舐められた。まるで虎に味見をされているかのような怖さに、晶はずっと身を硬くしていた。シンシャを守るためなのだと自分に言い聞かせながら。

今夜はなにをされるのか……。

息を殺していると、虎目が後ろから手を回してきた。抱き寄せられつつ、うつ伏せにされる。肘のあたりまで衿を下ろされて、背中を舐め上げられ、項を甘嚙みされた。胸を手が這いまわり、乳首を尖らされる。その小さな粒を指の腹でねちねちと捏ねられた。

昨日も一昨日も晶の反応を確認しながら触れてきたが、今夜は一方的で、様子が違う。危機感を覚えてもがくと、大きな体軀に重く圧しかかられた。

襦袢の裾を臀部のうえまで捲られる。

「な…に？」

尻の狭間に、なにかひどく硬くて熱いものを押しつけられていた。虎目が凶器でも隠しもっていたのかと思ったが、彼の両手は晶の腿を摑み、左右に開いているところだった。凶器は手にもっているものではないということだ。

首を捻じって背後を見ようとするが、男が被さっているせいで下半身は見えない。開かされた会陰部を、その棒状の熱した鉄のようなものがずるりと滑った。

耳に虎目の荒い呼吸がかかる。

「わかるか？　これが男の欲望だ」

本当にわからないから、晶は首を横に振った。すると、双玉の袋や、下向きに潰されている陰茎にまで、その棒を押しつけられた。

「や——ぁ」

晶は背後に手を伸ばして男の脇腹に手をつくと、ぐいぐいと押して遠ざけようとした。

しかしいっそう強く、脚の奥を擦られる。どうやらそれは、虎目の下腹部から生えているらしい。

──そんな……まさか。

それが分泌する液に狭間がぬるつき、男の腰の動きがなめらかになっていく。

「脚を閉じろ」

虎目がそう言いながら、晶の脚の外側をきつく押さえた。閉じた腿のあいだをゴリゴリと擦られると、狭間が熱くなってくる。その熱が、なにかむずりとするような奇妙なこそばゆさを生じさせる。

男の呼吸に引きずられて、晶もまたハッ…ハッ…と息を弾ませる。

緩急をつけて擦りつけながら、虎目はときおりそれの先端を、晶の後孔へと押しつけた。

そのたびに身体がビクンと跳ねてしまう。

その反応が気に入ったのか、終いにはそこばかりくじられて、晶は窄（すぼ）まりにぎゅうぎゅうと力を籠め、肉の薄い尻をきつく閉ざした。

しかしそれが結果的に、異物の大きな先端を挟みつけることになってしまった。それの先端と窄まりが密着しきる。

「っ──」

虎目が舌打ちをして、項に嚙みついてきた。

自分に被さっている男が全身をビクつかせたのと同時に、尻の狭間や茎を、ねっとりとした熱いものでドロドロにされた。

幾度か身を震わせてから、虎目が横にごろりと身体を転がす。

晶は震える手を自分の臀部へと伸ばして、附着しているものを指で掬った。それは白くて粘度の高い寒天のようなものだった。

「これは——」

粘つくものを凝視していると、虎目が呆れ果てたように溜め息をついた。

「そこから教育しねぇとならないのか」

晶の手首を握りながら言う。

「それは俺の子種だ」

「子種？」

「そうだ。子を作る種だ。ここから出した」

手を引っ張られて、虎目の下腹部に連れていかれる。陰茎に触らされて、晶は身を震わせた。

やはり、あれは陰茎が変容したものだったのだ。虎目のそれはさっきほどは硬くないものの、驚くほどの太さと長さで、張りをもって先端を宙に浮かせていた。その先端から、白い粘液が新たにとろりと垂れる。

「……子を作るのは、男と女が夫婦になってすることです」

自分たちは夫婦でもなければ、男と女でもない。

男の手を撥ね退けて手を引っこめ、晶は上体を起こすと、涙目になりながら虎目を詰った。

「どうして、こんなことをするんですかっ」

「お前を落とすためだ」

「夫婦のことをするのが落ちることになるんですか？」

面倒くさそうに虎目が答える。

「まあ、俺に身も心も委ねたくなるからな」

「俺は絶対になりません！」

きっぱりと宣言してから、改めて問いかける。

「どうして俺を落とす必要があるんですか？」

「甦りの術が欲しいからだ」

男の口から自分の秘密がさらりと漏れたことに、晶は総毛立つ。

「そ、その術のことを、どこで……」

喉元まで心臓がせり上がっているかのようだ。冷たい汗が全身から噴き出す。

「俺の、出自のことも？」

「ああ。術のことから出自まで、可能な限り調べ尽くしたうえでお前を捜していた」

要するに、甦りの術を使わせるために晶を捜し出し、籠絡しようとしているわけだ。

それならば、決してこの男の言いなりになるわけにはいかない。

晶は眦を吊り上げ、男を睨みつけた。

「あの力は、絶対にあなたのためには使いません。そもそも、あなたは何者で、なんの目的で甦りの術を使いたいんですか？」

虎目がゆるりと身を起こし、睨み返してきた。

「お前には関係のないことだ」

「関係あります。いったい誰を甦らせ……」

「黙れっ」

激痛をこらえるかのように金褐色の眸が小刻みに震える。

よほど特別な人を、この男が喪ったのだろうことが伝わってきた。

シンシャや祖父が命を落としたときのことが思い出されて、晶の胸は擂り潰されたように痛む。わずかに相手に気持ちを寄せかけていると、感情を押し殺した低い声で虎目が続けた。

「それと俺が何者かって話だが、俺はお前と同類だ。まあ里違いで、敵味方だがな」

「え――」

同類で、里違いの敵味方。それが意味することは。

「まさか、甲賀（こうが）者……」

虎目の答えを待たずに、晶は布団から畳へと飛びすさった。片膝を立て、攻撃も防御もできるように身構える。

思えば、晶を捜し出すだけの情報網をもつのは、忍ぐらいのものだ。そんなことに気づけなかった自分の鈍さに、晶は臍（ほぞ）を噛む。

伊賀の里を出てからというもの、祖父は晶に噛んで含めるように言って聞かせた。

『生涯、忍と関わってはならん。伊賀は抜け忍に厳しい制裁を科す。見つかれば命はなかろう。甲賀はわきまえのないならず者の集まりじゃ。お前は利用され尽くして、身も心も壊される。そう心しておくのじゃぞ』

祖父の話によれば、伊賀者はあくまで雇い主との契約を遵守するが、甲賀者は身勝手で手段を選ばないのだという。それぞれ対立する勢力に雇われることが多くあり、甲賀はそれに乗じて忍の覇権争いに走って伊賀の殲滅（せんめつ）を幾度も目論んだ。

それになにより、晶の母は甲賀者の手にかかったのだ。母は父の身代わりとなって散った。

「伊賀に命を操る異能の血族がいることは、うちでも昔から把握していた。墨と水晶で、消えた命を甦らせることができるってな。どうやら、死んでりゃなんでも甦らせられるわけじゃねぇようだが」

具体的な手法まで甲賀側に知られていたことに晶は驚愕し、悪寒を覚える。

――母さんはきっと、父さんの力を利用しようと企んだ甲賀者に殺されたんだ……。

身を震わせる晶へと、虎目が手を伸ばす。

「まあお前は抜け忍だから、敵ってわけでもねぇか。ほら、こっちに来い。今度はお前を気持ちよくしてやる」

伸ばされた虎目の腕へと晶は左手を走らせた。血がぽとりと畳に落ちる。見れば、虎目の腕は刃物で切りつけたかのように傷ついていた。

「あ…」

晶は自分の左手を右手できつく摑む。無意識に、手を刀のように使う忍術を使ってしまったのだ。これまで薪を割るのにもちいたことはあったが、人に向けたのは初めてだった。庵から連れ去られるときですら、繰り出せなかったのだ。

初めて人を傷つけたことに――それがたとえ親の仇である甲賀の者であったとしても――衝撃を受けて胸が苦しくなる。涙がぽろりと目から零れた。

泣いたら孤独な境遇に心が折れてしまいそうで、この一年、泣かないようにずっとこらえてきたのに、一度堰を切った涙はもう止めようがなかった。

涙とともに、記憶が溢れ出てきた。

祖父の亡骸を言い遺されたとおりにひとりで埋めた日に見た夕焼け。

風や雨に鳴る木々の音にも追手の影を感じて怯(おび)え、自分がいかに祖父に守られてきたかを思い知った夜。

なにを口にしても味がしなくて、いっそこのまま餓死してしまえばいいかと思った日々。

……シンシャがいたから、かろうじて一日一日を進めることができていたのだけれども。

顔を涙と鼻水でぐしょ濡れにしながら、晶は襦袢の腰紐をほどくと、虎目へとにじり寄った。傷つけてしまった場所よりも心臓に近い肘のあたりをきつく縛って止血する。

虎目は無言のままだったが、ハーッと大きな溜め息をつくと乱暴な足取りで部屋を出て行った。

四

女たちによって、次から次へと純白の装束が運びこまれるのを、晶は文机の前に正座したまま茫然と見ていた。

最後に部屋にはいってきた少女の、目も鼻も唇も丸くて可愛らしい顔立ちに見覚えがあった。一週間ほど前に廊下で会った子だ。躑躅から始まって、さまざまな造花を膳に添えてくれているのは、彼女に違いなかった。

少女は螺鈿の小物入れを置くと、小走りに寄ってきて、晶の横にすとんと膝をついた。

「ツツジさん、いつも綺麗なお花をありがとうございます」

そう話しかけるとツツジは嬉しそうに頷き、気さくな感じで返してきた。

「ツツジでいいよ。あたしも晶って呼ぶね」

年上風に話しかけてくるのはおそらく、晶のことを年下だと勘違いしているせいもあるのだろう。

「はい。――あの、この装束はいったい？」

晶が困惑しながら尋ねると、ツツジが並べられた衣装類を指差した。

「虎目さまが、今夜、祝言を挙げるって」

「祝言？　誰とですか？」

ツツジの指先が今度は自分へと向けられて、晶の顔は蒼白になる。

夫婦でないのだから子作りの行為はしないと、この一週間、撥ね退けつづけたのだ。虎目は意外にも力ずくで行為には及ばず、その代わり毎晩、晶の布団を占領して眠った。晶は部屋の隅で膝をかかえて、眠い目を擦りながら虎目を監視していた。

そして思い出す。今朝、眠気でぼうっとしていると、虎目が訊いてきたのだ。

『夫婦ならいいんだな？』

子作りは夫婦ならば普通の行為だから、晶は特になにも考えずに頷いたのだった。それがまさか祝言に繋がるなどとは、夢にも思わずに。

「頭領が伊賀の抜け忍の――しかも男の子と祝言を挙げるなんてね。そりゃもう大騒ぎよ。急すぎて里の長老さまたちには事後承諾になるけど、まあ虎目さまがなんとか取りなすでしょ」

ツツジの言葉に、晶の顔の蒼みがさらに増す。

「頭領って……」

「あれ、知らなかったの？　虎目さまが甲賀の頭領だって」

頭の芯がぐらりとして、晶は文机に手をつく。

――甲賀の、頭領……と、祝言？

自分が死んであの世に逝ってしまったと思い違いをしたとき以上の衝撃に、身体の震えが止まらない。

ツツジが衣紋掛けの、吉祥文様が織りこまれた白無垢(しろむく)の打掛をうっとりと眺めて言う。

「虎目さまはいったんこうと決めたら、テコでも動かないのよ。でもほら、虎目さまみたいな殿方に望まれて嫁ぐなんて、ものすごく浪漫じゃない」

男であり、しかも曲がりなりにも伊賀の血を引く晶には、とうていそんなふうには思えない。

それに虎目が欲しているのは自分ではなく、甦りの術なのだ。

伴侶となる相手と出逢って夫婦になったら、相手を決して裏切ったり傷つけたりしてはいけないのだと、祖父から教えられてきた。晶の両親がそうであったように、連れ合いに心から尽くし、尽くされるようにと。

もしも、誰かと夫婦になれる奇跡が訪れたら、かならず祖父から教えられたとおりにしようと、晶は深く心に刻んでいた。そんな夢想をするときは、ふわふわとした甘い気持ちになったものだ。

それを、虎目に踏みにじられようとしているのだ。

――逃げないと……。

甲賀の頭領相手にいつまでも逃げおおせられるとは思えない。最終的には戦って命を落とすことになるかもしれない。それでも、せめてシンシャだけは犬師の野路丸のところに送り届けたかった。

前に、晶が命を落としたらシンシャを野路丸のところに連れて行くと虎目は約束してくれたが、神聖な祝言すら利用するような甲賀の男を信用することなどできない。

——大切なものは、自分で守るしかないんだ。

藁にも縋る思いで、晶はツツジに小声で尋ねた。

「あの……犬を知らないかな？　赤毛の小さい犬」

「あ、赤丸ちゃんのこと？」

ツツジが自分の額に麻呂眉を描く。

「そう、その犬なんだ。どこにいるか知ってる？」

「造花工房の隅に繋いで、あたしたちが面倒を見てるの。鉄の首輪と鎖が重そうで可哀想なんだけど、燃えても大丈夫なようにって。あの子、発火する忍犬なんだってね。あ、あたしも飼ってるんだけどね」

言いながら、ツツジが着物の袂のなかを晶に見せる。

そこには小さな白鼠が一匹はいっていた。

「コユキっていうの。これでも忍鼠なのよ。あたしの作った花をときどき盗んでもっていってしまうんだけど。しかも特に出来のいいのをね」

鼠を見るツツジの目は優しくて、彼女が動物に対して温かな気持ちをいだいているのが伝わってきた。ツツジも甲賀者に違いないが、彼女を嫌う気にはなれそうになかった。

そんな彼女の心根に縋る。

「シンシャは──赤丸のことだけど、シンシャは俺の友達で家族なんだ。だから祝言の前にどうしても一目会いたくて……ツツジには迷惑をかけないようにするから」

ツツジは少し目を潤ませると、うんうんと頷いて、晶の手を両手で握った。

「会わせてあげられると思う。あたしに任せて」


「抜けるような肌ね。白粉いらずじゃないの」

「ほら、睫毛も長いの。軽く目尻に紅を入れるだけで充分ね」

「首も細くて、項が綺麗よ」

「髪はまるで黒絹ね。この長さならなんとか結えるわ」

化粧筆や櫛を手にした女たちが、晶を取り囲んで口々に言う。頭領がよりによって伊賀者の同性を妻にするという珍事であるにもかかわらず、彼女たちはずいぶんと楽しそうだ。

こんなふうに女衆に囲まれるのも初めてなら、飾り立てられるのも初めてで、白襦袢一枚をまとった晶はもうただただ石像と化しているほかない。ツツジは髪結いの手伝いをして、鬢付け油や元結を手際よく渡していく。

下唇に紅を差されてから立ち上がらされ、着付けにはいる。

見事な柄が丹念に織りこまれた白無垢は、ずっしりと重かった。綿帽子を被せられて、視界が一気に狭まる。その自由を奪われる感覚が、晶の焦燥感をいっそう掻きたてた。助けを求める視線をツツジへと向けると、彼女は力強く頷いて、晶の手を取った。

「花嫁さんが、式場に花をもって入りたいんですって。一階の造花屋にお連れして、選んでもらいますね。姐さんたちは休んでてください」

襖を開けて廊下に出ると、そこに控えていた見張りの男たちにも、ツツジは花を選びに行くのだと告げた。黒衣の見張りふたりが後ろからついてきた。

裾の長い打掛と格闘しながら階段を下りていく。やっと一階について、晶はひとつ息をつき、気にかかっていたことを小声でツツジに尋ねた。

「この祝言には不満があるはずなのに、さっきの女の人たちはどうして楽しそうにしてたんだろう?」

「男衆は目くじら立ててるけどね。女衆はみんな虎目さまが大好きだから、普通に女を娶られるよりは気が楽なのよ」

「大好きって、頭領だから?」

「それもあるけど、それだけじゃないよ」

「……ツツジもあの人が好きなのか?」

「んー。あたしは今のところ、下の造花屋しかやってないから憧れてるだけ。うえの造花屋で仕事をするようになったら、また違ってくるかな」

　造花屋の上下(うえした)とはなんのことなのか訊きたかったが、そうこうしているうちに大きな両開き扉の前に来た。四階部分は完全な和の造りになっていたが、一階はとても天井が高く、洋風にしつらえられている。

　片方の扉を押し開きながらツツジが男たちにぴしゃりと言う。

「これは女の子の大切な儀式ですから外で待っててください」

「いや、しかし女子(おなご)では…」と指摘しようとする男たちを廊下に残し、ふたりで部屋にはいって扉を閉める。ツツジが素早く閂(かんぬき)をかけた。

「あ――」

　部屋を見まわした晶は思わず声を漏らす。

　ここは以前、「あの世」と間違った部屋だった。大きな窓から青みを帯びた月光が降りそそぎ、四季折々の花々を照らしている。いまはすべて造花だとわかっているけれども、それでも極楽の花園のようだ。

「明かり、点けるね」というツツジの言葉に、「このままで」と返し、晶は部屋の片隅へと走った。

「シンシャ！」

小柄な犬が、鎖を千切らんばかりに伸ばし、それでも足りなくて短い後ろ脚で立ち上がる。鳴き声がしないのは、口輪を嵌(は)められているせいだった。痩せてはいないものの、不自由な生活を強いられてきたのだ。

「いま自由にしてあげるよ」

シンシャをぎゅっと抱き締めながらそう囁(ささや)いて、晶は左手へと意識を集中した。刀の強度になったそれを、鎖へと振り下ろす。暗がりに鉄同士がぶつかり合ったような音と火花があがる。

「え――晶、なにを」

「俺に騙(だま)されて、脅されたことにして」

ツツジに申し訳ない気持ちで言いながら、懸命に手を振るう。薪を割るのとはさすがにわけが違う。一打ごとに骨が砕けるのではないかというほどの激痛が脳髄まで響き渡る。

――もう少し……もう少しだ。

鎖が切れかけたときだった。

窓ガラスが飛び散る音と光が、暗い部屋の一角で弾けた。そちらを振り仰ぐと、身を丸めて宙を飛ぶ人の姿が月光に映し出されていた。床で横転して衝撃を散らした男が音もなく駆け寄ってくる。

婚礼のための紋付袴(もんつきはかま)をまとった虎目だった。髪は額を出すかたちで後ろに流され、炯々(けいけい)と光る双眸が剝き出しになっている。

鎖を断ち切る最後のひと振りを落とそうとする晶の腕を、虎目が強い力で摑む。

割れた窓から風が吹きこんで、一面の花々がざわりと音をたてた。晶の被っていた綿帽子が飛ばされて、芍薬(しゃくやく)の造花を飾った結い髪や紅を差した顔が露わになる。

視線がぶつかったとたん、虎目の眸がわずかに揺れ――しかし、すぐに睨み据えてきた。

「その犬を連れて逃げる気だったのか」

ゾッとするような低音で詰られて、晶は声を荒らげた。

「男同士で夫婦になど、なれません！」

「それは俺が決めることだ」

やはり甲賀者は、祖父が言っていたように、わきまえを知らないならず者なのだ。彼らは目的のためなら手段を選ばない。

『お前は利用され尽くして、身も心も壊される。そう心しておくのじゃぞ』

祖父の忠告はいま、予言となって晶の頭のなかに響いていた。

「俺のものに、こんな傷をつけやがって」

晶の血が滲む左手を見て、虎目が呟く。

「俺はあなたの所有物じゃないっ」

「ああ、手続きがまだだったな」

虎目は晶を両腕でかかえ上げると床に落ちている造花を踏みしだきながら、窓から追従してきた男に告げた。

「月長(つきなが)、門を開けろ。それと綿帽子を拾っておけ」

命じられた男が、肩にわずかにかかる淡い色の髪を揺らして頷く。

立ち尽くしているツツジに、虎目が厳しい声音で告げる。

「お前にはあとで沙汰を出す」

「ツツジは悪くない！　俺が騙して脅しただけですっ」

訴えると、間近から虎目石のような眸がぎろりと睨みつけてきた。この男の目はまるで夜行性動物のように、暗がりほど光を増す。その眸が奥底から光ったように見えた。

気圧されて、晶は身震いする。

これまで虎目は傲岸ではあるものの、どこか緩いような雰囲気を漂わせていた。しかしいま逃げようとした晶に憤っているせいか、凄まじい威迫を放っている。

――この人は、甲賀の頭領なんだ……。

それを晶は肌でビリビリと感じる。

背筋が冷たく強張り、息をするのも苦しい。まるで崖っ縁に追い詰められた被捕食動物と化したかのように身動きができない……いや、実際に晶の肉体の自由は奪われていた。

自分が指の一本も動かせなくなっていることに気づいて、愕然とする。

おそらく虎目が眸をもちいて、なんらかの術を発動したのだ。

式場まで抱かれて連れ去られるあいだに、虎目は三献の儀で晶がする所作を耳打ちしてきた。

——嫌だ……絶対に従わない。

懸命にそう自分に言い聞かせながら、抗う決意をする。

「花嫁御寮の到着だぞ」

式場へと足を踏みこみながら、虎目が声を轟かせた。縦に長い式場の最奥には祭壇が設けられ、花が溢れんばかりに飾られている。すべて造花に違いない。それが晶の目には、死出の旅立ちを彷彿とさせた。

祭壇手前の、向かって右側の座へと降ろされると、自分の意思とはまったく無関係に、きちんと正座をして膝のうえで左右の指を重ね合わせてしまう。月長から手渡された綿帽子を、虎目が晶に被せる。

ぼんぼりの灯りに照らされて、雛人形のような塩梅で新郎新婦が座に収まると、婚礼式が執りおこなわれた。

晶はまるでからくり人形になったかのように、虎目から耳打ちされていたとおりに動く。

酒器から小さな朱塗りの盃へと注がれた御神酒を虎目がわずかに口に含み、晶へと渡す。晶はそれに口をつけて虎目へと返した。次は中の盃に晶が口をつけてから、虎目へと渡す。それが晶へと戻されて御神酒で唇を湿らせる。

表面の静かさとは裏腹に、晶のなかは焦燥感に搔き乱されていた。このままでは三献の儀が成立して、虎目と夫婦になってしまう。夫婦になったら、心から尽くし尽くされる関係を結べるように努めなければならない。

最後の、もっとも大きな盃に注がれた御神酒を口にした虎目が、盃を差し出してくる。

これを飲んでしまえば、もう後戻りできない。盃を支える晶の指はかすかに震えたものの、それ以上の動きはできなかった。

――そうだ。痛みだ。

術を破るのには痛みが有効なのだと、祖父から教えられたことを思い出す。しかしどうすれば自分に痛みを与えられるのか。口のなかで舌を動かしてみると、わずかに動いた。それを歯のあいだへと差しこんだ。

口元に盃を寄せたかたちで、晶はみずからの舌に歯を突き立てた。歯の重さが痛みへと変わっていく。

「っ、お前」

虎目が晶の手から盃を取り上げた。そして奥歯のあいだに親指をぐいと入れてきた。

間近に寄せられた暗い金褐色の眸が炎を噴いたかのように見えた。

「なにがあろうと、自死だけは許さねぇからな」

そう呻くように言うと、虎目は盃を晶の口に当てた。傷ついた舌を酒に焼かれる。晶に見せつけるように虎目はすぐ目の前で、盃の残りを飲み干したかと思うと、それを畳に放って晶を抱き上げた。

「婚礼は成立した。これは俺のものだ」

まるで狩った獲物の所有権を主張する獣のごとく吠えて、虎目は式場をあとにした。

舌を嚙んだせいで術が解けてきたようだった。

これまで使っていた部屋とは違う四階の廊下の最奥にあるふた間続きの部屋に連れこまれ、奥の間に敷かれた緋色の絹布団に投げ落とされるころには、なんとか口が利けるようになっていた。

「あんな術を、使えるなら……」

初夜の行為に及ぼうと圧しかかってくる男の下でもがきながら、晶は必死に問うた。

「従わせる術を使えるなら、俺の力なんて、好きなように利用できるはず。……それなのにどうして婚礼をする必要が、あったんですかっ」

甦りの術が目的ならば、晶を落として従わせるなどという手間暇をかけず、からくり人形のように従わせればいいだけなのだ。

虎目が目を眇める。

「それではおそらく、俺の目的は果たせないからだ」

着物の裾を割り開いて差しこまれた男の手が、腿の狭間に荒々しく突き入れられた。下帯をつけていない会陰部を指先で探られる。身体の内側へと続く縁に触れられて、晶は暴れた。

「そこに、触るなっ」

「男同士でも、ここを使えば男女と同じように交われる」

虎目の大きくて硬いものをそこに宛がわれたときのことが思い出された。あの行為にはさらに先があって、それが「交わる」ということなのだろう。

「夫婦ならしてもいいと同意したのはお前だぞ」

威嚇するように囁かれながら、窄まりを執拗に指先で捏ねられる。気持ち悪い寒気が下肢を覆っていく。

祝言を挙げてしまったからには、確かに自分と虎目は夫婦だ。それならば、身を捧げなければならないのだが。

「う…っ…く」

「硬い蕾だな」

興奮と苛立ちが混ざった声で呟いたかと思うと、虎目が晶の両腿の裏を鷲摑みにして高々と掲げた。

重なった着物の裾が花開くように捲れ、白い下肢が臀部まで剝き出しになる。

さらには腿を左右に開かれて、陰茎や双玉の袋、きつく閉じている孔まで虎目へと晒させられた。そのまま顔の横に膝が届くほど身体を丸めさせられる。幼いころから忍術の鍛錬として柔軟性を身につけてきたとはいえ、あまりのみっともない体勢に、胸が苦しくなる。

「これならお前自身にも丸見えだな」

唇を嚙み締める晶の顔と恥部を、虎目はひとまとめに眺める。

「いまから使い物になるようにしてやる」

そう言ったかと思うと、虎目は晶の脚のあいだを、茎から孔まで舐めまわしはじめた。

そのさまを晶は見せつけられる。まるで獣のような浅ましい舌遣いだ。やはりこの男は自分を喰らおうとしているのではないのか……恐怖が極限まで張り詰めたころ、窄まりを舐める舌の動きが急にくにゅくにゅとくすぐるようなものに変じた。

「あ…っ」

身体がビクンと大きく跳ねる。

戸惑いに瞬きをすると、虎目がにやりとして見下ろしてきた。

「これがお前の欲望だ」

縁の襞(ひだ)が舌に応えて、いやらしくヒクつく。それを目にした晶は、慌てて手を伸ばして孔を隠した。

「もう、嫌、だ」

訴えるのに、しかし虎目に手首を摑まれて、どかされてしまう。

「自分の欲望を受け入れろ」

突き出された肉厚な舌が、蕾のような窄まりへと沈んでいく。

「ぁ…あぁぁ」

晶は被ったままだった綿帽子を両手で潰して、自分の視界を塞いだ。

——こんなこと……できない。

夫婦になったとはいっても自分は男で、虎目は敵方の頭領なのだ。

虎目と尽くし尽くされる関係になど、なれるわけがない。それに虎目は甦りの術を利用したいがために、このような行為をしているだけなのだ。

悲しくて惨めで嫌なのに、体内のある場所を舐められると、脚が跳ねてしまう。これまで感じたことのない熱が陰茎のあたりに溜まっていた。呼吸が乱れて、細かな音を混ぜながら吐息が漏れる。

きっと虎目が、身体がおかしくなる術を使っているのだ。

それを破りたくて、晶はほとんど無意識のうちに舌を歯のあいだに差しこんでいた。傷ついている舌をさらに傷つける痛みに、身体が硬直する。

　ふいに体内から舌がずるりと抜けた。

　男の太い指を口のなかに突っこまれる。

「自死は許さないと言っただろうっ！」

　虎目は晶の絹の着物の裾を嚙み裂くと、それを猿轡として晶に嚙ませた。

「んうぅ」

　自死をしようとしたわけではない。ただ術を破ろうとしただけだ。そう言いたいのに、猿轡で言葉にならない。

「俺に抱かれるぐらいなら死んだほうがマシってわけか」

　虎目石のような目を苦々しく眇め、訊いてくる。

「俺と名実ともに夫婦になるのが、そんなに嫌か？」

　そもそも不可能であるのだから、晶は頷いた。

　しばし沈黙したのち、虎目は手を叩きながら「月長」と言った。すると瞬時に襖が開いて、淡い色の髪をした男が現れた。ずっと次の間に控えていたのだ。乱れきった晶の姿を目にしても、月長のいくらか神経質そうに整った顔は静かなままだった。

「なんでしょうか、虎目さま」

「屛風(びょうぶ)と硯と筆をもってこい。水と水晶の粉もだ」

「それは初夜に必要なものでしょうか？」

「つべこべ言わずに用意しろ」

軽く肩を竦めて月長が立ち上がり、ほどなくしてすべてを寝所の一角に揃えた。

晶のうえから退きながら虎目が確認する。

「お前は描いたものに命を吹きこんで甦らせる。それで間違いねぇな？」

猿轡を噛み締め、頷く。

「お前は本物の虎を見たことがあるか？」

首を横に振る。

虎目がいったん隣の部屋に行き、一葉の写真を晶の前に投げ落とした。

檻のなかに入れられた虎が映っている。

「上野の動物園にいた虎だ。虎とは名ばかりの腑抜けで、このあいだ死んだがな。屏風に、その虎を描いてみろ。もし夜明けまでに絵の虎を甦らせられたら、夫婦の契りはなしにしてやってもいい。だが甦らせられなかったら、身も心も俺に捧げろ」

「――」

これまで晶は三つのものを甦らせたことがあった。

蝶とシンシャと赤矢地黄だ。いずれも個体の生きているときの魂のかたちに、じかに触れたことがあるものだった。

しかし虎目は、晶がその魂のかたちを知らない写真のなかの虎を描き、甦らせろと言う。

それが可能かどうかは晶にもわからなかった。

虎目に従って術を試すことには強い抵抗感がある。

けれども同時に、晶自身の忍の血が、おのれの能力の得体を知りたいという欲に激しくざわめいていた。

――これは虎目のために力を使うわけじゃない。俺が俺の目的で力を使うんだ。甦りの術がどのようなものであるのかを知り、同時に我が身を守る手段とするのだ。

晶は身を起こすと、まっすぐ虎目を見詰めて、話を受けると頷きで答えた。

障子窓に、透明な暁光が滲みはじめる。

白絹の襦袢一枚になってたすき掛けをした晶は硯に筆を置いた。その結われた髪はほつれかけ、芍薬の造花はかろうじて髪に留まっている。

深い溜め息をついて、晶は屏風を見詰める。

写真を見ながら懸命に描いたが、虎がこちらの世界に出てくることはなかった。

隣室で月長と酒を酌み交わしつつ晶を監視していた虎目が立ち上がり、近づいてきた。

そして屏風の虎をじっくりと眺め、唸った。

「見事な画力だな。これだけで身を立てていける」

しかし一拍置いて、無慈悲に言い加えた。

「だが、命を吹きこむことはできなかった。お前の負けだ」

「……」

猿轡をギッと噛み締める晶の前に、虎目が立ち、袴紐をほどきだす。なにをしているのかと訝しく思っていると、袴が滑り落ち、着物の前が開かれた。覗いた下帯が横にずらされて、陰茎が露わになる。

「夫の種を搾るのは妻の務めだ」

降ってきた言葉に晶は目を見開く。

前に虎目は陰茎から粘つく白いものを出して、それを種だと言った。

——あれを、俺が搾る？

虎目の顔を見上げると、欲情に光る眸に見返された。

「男と男で交わした約束を、反故にする気じゃねぇだろうな？」

男の矜持をかけて妻の務めを果たすなど、道理が通らない。それでも自分が全力を尽くして虎目に負けたのは事実だった。

『甦らせられなかったら、身も心も俺に捧げろ』

虎目はそう言い、自分は受けて立ったのだ。それは負わなければならない。

晶は気持ちを定めると、視線を下ろした。長い陰茎はいくらか膨らんで、頭をもたげかけている。

それに両手を伸ばし、不器用に下から支える。

熱っぽくて重たくて、自分の下腹部にもついている器官なのに、やはりまったく別物のようだ。茎というより幹のように逞しい。

荒い息をひとつ吐いて、虎目が命じる。

「撫でたり扱いたりしてみろ」

ぎこちなく手指を動かしてみるが、虎目が「ヘタクソだな」と呆れ声で言い、晶の後頭部へと手を伸ばした。猿轡を外される。

「しゃぶってみろ」

そのような行為を、虎目から幾度もされた。されたことがある行為をできないとは言えず、晶は両手でそれを捧げもち、先端におっかなびっくり唇をつけてみる。とたんに幹が蠢き、その体積を増した。

「舌を出して舐めろ」

「ん…」

わずかに舌を出して、男の先端の窪みを舐める。ぬるつく体液がそこから漏れ出た。それが気持ちいいときに分泌される体液だということは、腿のあいだを使われたときに学んでいた。躊躇いながらも舐め取っていくうちに、徹夜で絵を描いたあとのせいもあってか、次第に頭の奥が痺れたようになってきた。

どんどん溢れてくる体液が顎から首筋に伝い、襦袢の胸元へと流れこむ。乳首が濡れて──急にそこにむず痒いような熱が生じた。耐えられなくて晶は衿元から手を差しこむ。粒を摘まむと、そこからジンと甘い痺れが波紋のように拡がった。腰がわななく。

「ようやくまともに発情してきたか」

気づけば胸だけではない。男の体液が触れた粘膜が──舌も口腔も喉も胃も、火傷でもしたかのように疼き、火照っている。

晶は慌てて男のものから手と口を離した。そして追い詰められた兎のごとく、座った姿勢から大きく跳躍し、開け放たれたままの襖から隣の間へと飛び出した。

そこでは、月長が煙管を吹かしていた。彼は煙管を台に置いたかと思うとすらりと立ち上がり、そのまま一跳躍で晶の背後にトンと降り立った。

次の瞬間にはもう晶は羽交い締めにされていた。月長の腕は強靱な蔓のようにしなやかに巻きついてきて、暴れる晶を難なく寝室へと連れ戻した。

月長が捕獲すると確信していたのだろう。虎目は微動だにせず、元の位置に仁王立ちしていた。羽交い締めにされたまま、晶は彼の前へと引き立てられた。

虎目が晶の顎を摑み、矯めつ眇めつする。

「発情すると眸が虹のようになるのか」

「発情など、していませんっ」

言い返すと、虎目に襦袢の裾の合わせをめくられた。陰茎が露わになり――それを見た晶は目を瞠る。

ほんのわずかにではあるが、茎が腫れていたのだ。しかも虎目がそれの皮を押し下げると、内側に溜まっていた透明な蜜が糸を縒りながら垂れた。

気持ちよくなっていた証拠を突きつけられて、晶は弱った声で言う。

「あ、あなたが、なにか――術を」

すると背後の月長が耳元に口を寄せてきて囁いた。

「虎目さまの体液は、その者のなかにある欲望を引きずり出す。逆にいえば、君のなかに欲望がないうちは、無反応であったはず」

「そんな、ことは……」

否定したかったが、思い返せばそのとおりであるようだった。

前に脚のあいだを虎目の体液まみれにされたときには、このような反応は起こらなかった。

――……俺が清らかであったから。

月長が細身に似合わぬ力で晶の両手首を後ろでひとまとめに摑む。そうしてもう片方の手で襦袢の臀部をなぞり、狭間に指を滑りこませた。窄まりをつつかれて、晶は腰をよじる。

「現に、ここに舌を挿れられたとき、いやらしい喘ぎ声を漏らしていたではありませんか」

昨夜のことを襖の狭間から覗き見でもしていたのか。月長がまるで見ていたかのように指摘する。

晶は身体の芯が痛むほどの恥ずかしさに項垂れる。

「いたいけな花嫁御寮ですね。これなら僕でもそそられます」

月長の言葉に、虎目が返す。

「幼馴染（おさななじみ）のよしみだ。こいつが俺に身も心も捧げた暁には、お前も好きに使え」

信じられない「夫」の言葉に、晶は身を震わせた。

虎目に対して特別な思いなどない。それでも夫婦として繋がってしまったいま、虎目の心ない言葉は晶の胸に突き刺さった。

——捧げない。絶対に、捧げない。

そう決意する晶の肩を月長が押さえ、膝をつかせる。突き勃った幹が目の前にある。顔を背けると、月長にたすき掛けしている紐を抜かれて、それで後ろ手に縛られた。

背後から口の際に中指と薬指を突っこまれて、奥歯のあいだにつっかえ棒のようにされる。さらに人差し指で上唇を、小指で下唇を押さえられた。まるで晶の口で綾取りでもしているかのような手つきだ。

「お迎えするときは歯を立てないように、このように被せておくのですよ」

閉じられなくされた晶の口へと、虎目が鉱物と紛うほど硬くなっている陰茎を押しこむ。

「んんー…ん、む」

虎目が腰を遣うごとに、口のなかをずるずると擦られる。ぬるつく透明な蜜を塗りたくられて、粘膜が爛れたようになっていく。舌で男の動きを阻もうとするが、それは快楽に奉仕することにしかならなかった。

「はふ…ん…んン」

漏れる自分の喉音や、口を犯されるぐちゅぐちゅという音に、耳を塞ぎたくてならない。

縛られた後ろ手で、晶はきつく拳を握る。

いまや男の体液と自分の唾液とで、顎から首筋、胸までぐっしょりと濡れそぼっていた。

虎目がいっそう深く幹を差しこんできた。大きく張った先端に喉奥を押し拓かれて、晶は苦しさにもがいた。

「いいぞ。上手だ」

虎目の手に額を撫でられる。その手つきが意外な優しさで。

口のなかの器官が跳ねるような動きをした。粘液をドクドクと流しこまれる。

——……種だっ。

晶は身体全体をよじって、なんとか口から陰茎を外した。顔にびゅるびゅると残りの種を噴きかけられながら、口内に出されたものを吐き出そうとする。

透明な粘液だけでこれほど身体がおかしくなるのだ。種など飲まされてしまったら、どうなるかわからない。

それなのに月長の手に口を封じられて仰向かされた。粘液が喉を流れ落ちようとする。

拒絶に足掻くうちに襦袢の裾が乱れきり、虎目へと腫れた陰茎を晒してしまうが、それにかまうだけの余裕はなかった。

「ん……、ん——ん」

嫌なのに、喉が嚥下（えんげ）の動きをしてしまう。

虎目の種を飲みこんだとき、晶の茎の先端が皮のなかから赤い実を覗かせ、透明な蜜をピュッと散らした。

五

目を覚ますと、障子にはすでに午後の光が滲んでいた。紅い絹の掛け布団を顔のうえまで引き上げて、晶はもう一度目を閉じる。次に目を開けたときには山間の庵にいる――そう念じて、おそるおそる布団から顔を出す。

視線を横に向けると、今朝方まで描いていた虎が屛風のなかにいた。

――……これが現実なんだ。

庵から攫われて東京市に連れてこられ、甲賀の頭領と祝言を挙げさせられた。そして、虎目の種を飲まされたのだ。

身も心も捧げて名実ともに夫婦になるという約定を、虎目と結んだ。

伊賀者は契約を遵守する。その美学は里を離れても、祖父から晶へと刻みこまれている。

それと同時に、夫婦は互いを想い、互いに尽くすものだとも教えこまれていた。

――でも、虎目はそんな関係を望んでない。

かといって、契約を擲つことも伊賀の血を引く者として、受け入れられない。

「どうすればいいんだよ」

まとまらない考えに頭痛を覚えながら身を起こす。

なにかいい匂いがふわりと漂った。見れば、枕元に小ぶりな土鍋の載った膳が置かれていた。その黒塗りの膳に添えられた橙色の躑躅の花に、晶は手を伸ばす。

この丁寧な作りの造花は、ツツジの手によるものに違いなかった。

「……よかった」

晶は安堵の息をつく。

騙して逃亡の手引きをさせてしまったが、こうして花を添えることを許されたということは、厳しく咎められはしなかったのだろう。

そしてツツジは、晶のことを恨んでいないと伝えるために、花をくれたのだ。じんわりと胸が温かくなって、その温かさが弱っていた心に沁みこみ、力を与えてくれた。

——俺はちゃんとしないといけない。この状況ともちゃんと闘わないとならない。

連れ去られてから十日、ずっと混乱しきっていて、地に足のつかない心地だった。

晶は目を閉じて、自身を俯瞰しようと努める。

人里離れた山間で、ほとんど祖父とシンシャだけを相手に過ごしてきた自分は、世間知らずで、もの知らずであるのだろう。虎目のような男からすれば、愚かで、どうとでもしていい者のように映っているに違いない。

実際、いいようにされたのだ。

口惜しさと恥ずかしさに乱れかける呼吸を噛む。

甲賀の頭領だけあるということなのか、虎目はいくつもの異能を備えているようだ。とうてい太刀打ちできる相手ではない。

――……でも、俺にだってひとつだけ有利な点がある。

甦りの術を、虎目は渇望している。そしてそれを使えるのは、祖父の言葉が確かならば、この世に自分ひとりしかいない。

虎目はあの眸で人を操ることができるが、それでは目的を果たせないと言っていた。わざわざ祝言を挙げたことからいっても、晶を懐柔する必要があるのだろう。

彼は晶を落として使役するつもりでいるようだが、決してそうならないと確信できる。

――俺はなにがあろうと虎目に落ちない。いくら夫婦の約定があっても、この力は俺のもので、虎目の好きにはできない。

晶はひとつ大きく息をすると、ゆっくりと睫毛を上げた。現れた玉虫色の眸が煌めく。

「大丈夫だ。闘える」

自分は父と同じ異能をもって生まれた。そしてその異能によって晶が滅びないように、祖父は危険を冒して里を離れ、抜け忍となった。

祖父がこれまで守ってきてくれたものを、今度は自分自身で守るのだ。

状況が整理できて腹が据わったせいか、急に空腹感が押し寄せてきた。布団から出て畳に正座をし、土鍋のなかの粥（かゆ）を椀（わん）に移して啜る。鶏出汁に卵を混ぜた粥は、冷めていても美味しくて、晶はすべて平らげた。

こんなふうにきちんと味を感じながら食べられたのは、祖父が亡くなって以来のことだった。

「ご馳走さまでした」

鍋に向かって頭を下げたところで、襖が開いて、洋装の虎目がはいってきた。空っぽになった鍋を見て言う。

「しっかり食わねぇと一戦交えられないからな」

一戦とはなんのことかと訝しく虎目を見上げていると、二の腕を摑まれて、布団に連れて行かれそうになった。それで、一戦の意味を晶は察する。

「いまは交えません」

強い声でそう告げながら虎目の手を振り払う。

そして正座をしなおし、畳を指差した。

「そこに座ってください」

「俺に指図する気か」

「夫婦の話をしたいんです」

鼻白んだ様子のまま、虎目が胡坐をかいて座る。

晶は拳を腿のうえに置き、上体を前傾させて頭を下げた。

「ふつつか者ですが、よろしくお願いします」

「まるで若武者の奉公挨拶だな」

揶揄を無視して、晶は背筋をまっすぐ立てて「夫」を見据えた。

虎目が言う「一戦」とは違うが、これは確かに「一戦」なのだ。

「俺は今朝、妻の務めを果たしました」

すると虎目が苦笑いした。

「いや、まだ果たしきってはいないがな」

「あなたが言ったとおり、種を搾る務めを果たしました」

それは否定できずに、虎目が「うむ」と唸る。

「夫婦となったからには、俺はこの店の主の妻です。ここのことを一から学んで、夫を支えるよう精進します」

「――。お前はここで俺の相手だけしてればいい」

「それは俺を妻と認めていないということになります。それならば、夫婦の交わりも拒否します」

虎目が顎に手をやり、小首を傾げて晶をじっと見る。

世間知らずがなにを言いだすのかと思っているのだろう。それでもかまわない。晶には晶の道理があるのだ。

「交わらなければ、あなたは俺を落とせません。甦りの術も、使うことはできないということです」

虎目が鼻の頭に、不快そうな皺を寄せる。それはまさに虎の形相だった。

晶は心に鞭打ち、ひるみを見せずに男の眸を見据えつづける。

「こっちは手籠めにすることだってできるんだぞ？」

手籠めというのはおそらく、今朝のことの先にある行為なのだろう。怖さを覚えつつも、脅してくる男に言い放つ。

「それでことがすむのならば、あなたはとっくにそうしているはずです」

ひとつ間違えれば虎目の気を逆撫でて、この場で本当に手籠めにされかねない。だからこれは賭けだった。心臓がドクドクして、項を冷たい汗が伝う。

長い沈黙ののち、虎目がわずかに視線を横に逸らして舌打ちをした。

「お前の望みは、造花屋を手伝うことってわけだ」

――勝った……！

虎目にしてみれば、愚かで無力な鼠に嚙みつかれた気分であるに違いなかった。勝利に思わず頰を緩めかける晶へと、虎目が見くだす笑いを投げつける。

「昼の造花屋も、夜の造花屋も、手伝わせてやる」

用意された着物と袴を身につけ、組紐で髪を後ろにキリリと結ぶ。ここの店のことを一から学ばせてもらうのだ。支度を終え、隣室で煙管を吹かしている虎目のところへと行く。

口角を露骨に下げて、虎目が言う。

「丁稚奉公初日か」

妻というものが夫の稼業を手伝ったり、時には店の取り仕切りもしたりすることは、幾度か町に足を運んだことがあるから知っている。旅籠の女将などは亭主よりも恰幅がよくて、堂々としていたものだ。

しかし年より幼く見えてしまう自分では、とてもそのようにはできないだろう。

「丁稚奉公でけっこうです」

そう眉根を寄せて返すと、虎目が煙管を咥えたまま立ち上がった。

「まあ、いいだろ。女どもは喜ぶ」

その意味は、一階の造花工房に連れて行かれてすぐにわかった。

「晶も今日から造花屋を手伝う。雑用でも適当にやらせておけ」と工房で虎目が告げると、女工たちが晶の周りにわらわらと集まってきた。そのなかにはツツジの顔もあった。

工房の片隅に繋がれたシンシャは怪我もないようで、尻尾を千切れんばかりに振っている。

女工たちが「奉公に来た子みたいね」「弟にしたいわ」「五月人形みたい」などと口々に

言い合う。

　昨日、髪を結ってくれた女がクスクス笑いながら言ってきた。

「祝言の翌日ぐらいはゆっくり休んでてよかったのに。どうせゆうべは、虎目さまに寝かせてもらえなかったんでしょ」

　ひと晩中、絵を描いていたから夜に眠れなかったのは事実だ。

「夜は眠れませんでしたが、それから昼までは休めました」

　その晶の言葉に、女たちが顔を見合わせてから、いっせいに笑いだす。

「虎目さま絶倫だからって、こんな坊や相手にご無体はほどほどに」と窘められて、虎目が「してねぇよ」とぼそりと呟く。

　晶は女たちに気圧されながらも、「なんでも言いつけてください。よろしくお願いします」と深々と頭を下げた。

「ほらほら。あんたたち、御新造さんをからかいすぎだよ」

　手を打ち鳴らす音とともに芯のある低めの声が響いて、晶は下げていた頭を上げた。

　年のころは二十代なかばか。女性にしては背の高い狐顔の美人だった。

「ザクロさま、すみません」

　どうやら彼女は別格らしく、女工たちが背筋を伸ばしてシャンとする。

　虎目が晶に教える。

「ザクロは月長と同じで、俺の幼馴染だ。造花屋の実質的な総取締役だから、あいつの指示を仰げ」

その言葉で、晶は虎目に尋ねたかったことを思い出した。

「そういえば、昼の造花屋と夜の造花屋の違いって、なんですか？」

急に場が水を打ったように静まり返った。

虎目が答えをはぐらかす。

「まあ、夜になればわかる」

ザクロは晶に造花の簡単な作業工程や、冠婚葬祭別の花の種類、大通りに面した店舗での販売形態などを説明してくれた。晶は一言も聞き逃すまいと懸命に耳を傾けた。しかし甲賀の忍たちがこのような堅気の仕事に本腰を入れているのは意外だった。

祖父は忍者が、戦国時代に活躍していたことや、江戸時代でも隠密として暗躍していたことを話して聞かせてくれたものだが、大正の時世ではそのような舞台もないのかもしれない。

自分の故郷の伊賀者たちも、同じような境遇なのだろうか。

ザクロからひととおりの説明を受けた夕食前、晶は工房の片隅でシンシャのふくふくとした顔を両手で包んで撫でていた。すると、ザクロが並んでしゃがんで言ってきた。

「二度と逃亡なんて考えるんじゃないよ。ツツジのためにも」

「……ツツジは、なにか咎めを受けたんですか？」

ザクロが溜め息をついて「虎目は甘いからねぇ」と呟いてから、厳しい表情で続けた。

「ツツジはあれで優秀なくノ一で腕がたつ。その気になれば、あんたのことぐらい簡単に止められたんだよ。……あの子の難点は優しすぎるところだ。きっと、あんたと犬を逃がしてやる気でいたんだよ」

「え…」

「だからこそ、あんたは二度とツツジに迷惑をかけちゃいけない。あんたが逃げれば、ツツジは共謀を疑われて、どんな目に遭うかわからないよ」

晶は自分が浅はかで身勝手であったことを嚙み締める。逃げようとしたとき、ツツジが罪を負う気でいてくれたことに、まったく気づけなかった。彼女が折檻されたりしないかと心配はしたものの、シンシャと逃げることを迷いなく優先したのだ。

「あんた、抜け忍なんだろ。伊賀者は抜け忍には非情だよ。逃げたって行くところなんてないんだろう？」

ザクロの言うとおりだった。

あの山間の庵にはもう帰れない。抜け忍である自分は、伊賀者に捕まればおそらく生き長らえられないだろう。さらに甲賀者にまで追われる身となっては、シンシャを野路丸のところに届けて死を覚悟するしかない。

それにもし、元の生活に戻れると言われたところで、それもいまとなっては耐えがたい。山奥で人と関わらないようにして、風の音にも追手の気配を感じて怯えながら無為に歳月を送る……ほんの十日ほど前まで当たり前だった生活なのに、それを考えるとつらい気持ちが押し寄せてくるのだ。

晶の強張る横顔を眺めてから、ザクロがシンシャの黒い鼻先を軽くつついた。

「あんたがおかしなことをしなけりゃ、この犬だって口輪なしで繋がれずにすむんだよ」

「本当ですか?」

「あたしゃそうでもないけど、ここの女たちはいたいけで愛らしいものに目がないからね」

ザクロに触られてもシンシャは嬉しそうに尻尾を振りつづけている。普段から可愛がってくれているのだろう。

弱った心が揺らぎそうになるものの、祖父の戒めが思い出された。

『生涯、忍とは関わってはならん。伊賀は抜け忍に厳しい制裁を科す。見つかれば命はなかろう。甲賀はわきまえのないならず者の集まりじゃ。お前は利用され尽くして、身も心も壊される。そう心しておくのじゃぞ』

――どこにも行く場所がない。でも、ここもいていい場所じゃない。

そう自分に釘(くぎ)を刺す。

胸の軋みが伝わったのか、シンシャが尻尾を振るのをやめて、いつも慰めるときにそうしてくれるように鼻先を晶の掌に押しつけてきた。


夕食を虎目とふたりで取ってから湯に浸かった。これからは虎目の妻として、四階奥の虎目の部屋で寝起きをするように言い渡された。今夜も種を飲まされたりするのだろうか。夫婦であることを盾に造花屋の仕事に関わる権利を主張したからには、夜の夫婦のことを拒絶することはできない。

そう頭ではわかっているがついつい長風呂になり、洗い髪を下ろしたまま重い足取りで部屋に戻ると、着流し姿の虎目が待ちかねたように立ち上がった。

「二階に行くぞ」

晶は目をしばたたき、すでに廊下へと出た虎目のあとを追った。

これまでも夜になると階下から宴会でもしているらしき声や物音が聞こえることがあったから、虎目の妻としてその場に加わるのだろうか。

そんな予想をしていた晶はしかし、四階から二階まで階段を下りきったところで、たたらを踏んだ。

緋襦袢姿の女ふたりの腰に手を回した男が、目の前を通り過ぎたのだ。

「あの平民宰相は、どっちつかずの蝙蝠だ。平民の味方ぶっておきながら、枢密院の華族どもにも尻尾を振りまくる」

酔った勢いで喚いていた洋装の恰幅のいい男が立ち止まり、虎目へと顔を向けた。

「おお、造花屋の主じゃないか。今宵も二輪ばかり愛でさせてもらうぞ」

「いつもご贔屓にしてくださって、ありがとうございます。吹田さま」

吹田の視線が晶へと向けられて、嫌な感じに下瞼をせり上げた。女たちの尻をひと撫でしてから晶に近づいてくる。

「新しい花か。この菊の蕾も買わせてもらおうか」

脂ぎった顔が近づいてくる。

「菊の蕾――？」

「申し訳ありませんが、これは売り物ではありませんので」

そう言いながら虎目が晶の肘を摑んで、自身の背後へと押しやった。

「よい菊の蕾がはいりましたら、一番に吹田さまにご連絡しますので」

諦めきれない様子で晶をじろじろと眺める吹田の両腕に、緋襦袢の女ふたりがそれぞれ腕を絡めた。

「吹田さまぁ、妬かせないでくださいよぉ」

「おお、すまんすまん」

鼻の下を伸ばした男を連れ去りながら、片方の女がちらと晶のほうを振り返って笑みを浮かべた。

「あ…」

化粧をほどこしていて様子が違うからわからなかったが、彼女は祝言の支度のときに晶の髪を結ってくれた女だった。昼には造花の工房でも顔を合わせていた。

――え、でも花として買われるって……。

なにかそれがよからぬことのように思われて、晶は彼女のあとを追いかけようとしたが、虎目に止められた。

「仕事の邪魔をするな」

「仕事って――」

「夫婦でない者が金を払って夫婦のことをする。まあ、うちではそれはあくまで手段で、本当の目的は別だがな」

虎目が言ったことに衝撃を受けつつ、晶は尋ねる。

「本当の目的って、なんですか？」

虎目に肩を抱かれ、耳に口を寄せられる。

「さっきの吹田は労働運動の活動家だ。この造花家は国に認められてない私娼を営むことで、さまざまな階級の奴らの情報収集をしてる」

「えええっ」

思わず大声を出してしまった晶の口を虎目が掌で塞ぎ、間近に目を覗きこんできた。

「これが夜の造花屋だ」

ザクロは店のことを教えてくれたときに、造花屋には冠婚葬祭から婦人たちの噂話まで、東京市の情報がいち早く集まると言っていた。

下の昼の造花屋でも、うえの夜の造花屋でも、諜報活動をしているというわけだ。おそらく甲賀者はいまも忍として暗躍しているのだろう。

そして虎目はそれらの活動を取り仕切る存在なのだ。

「お前が店を手伝うと言うから少し夜の造花屋の仕事も覗き見させてやろうと思ったが、どうする?」

笑顔で迎え入れてくれた昼の造花屋の女工たちの顔が頭をよぎった。そして見てはいけないものだと思ったから、晶は強くかぶりを振った。

下りてきた階段を、虎目に手首を摑まれて上り、寝所に連れて行かれた。当たり前のように褥に押し倒されて身を固くしながら晶は尋ねた。

「菊の蕾って、なんのことですか?」

「んー…ああ」

酒を飲んだ様子も匂いもしないのに、覆い被さる虎目が酔ったような顔つきで見詰めてくるのが心地悪い。

虎目の手が襦袢の裾からはいりこんできて、内腿のあいだを撫で上げ、尻の狭間を指で探ってきた。窄まりを指先でゆるゆると撫でられる。

「や…」

「ここが菊花だ。で、お前はガキに見えるから、蕾」

晶は身をずり上げながら問う。

「男も、花を売ってるってことですか？」

「そういうことだ。衆道は紳士の嗜(たしな)みだからな」

とても「紳士の嗜み」とは思えないことを、その晩も虎目は晶に為した。菊花のなかに指を二本も挿れられたまま、虎目の陰茎に口で奉仕させられた。ただ、やはり成熟が足りないせいなのか、晶の茎が白い粘液を放つことはなく、虎目もどこか攻めあぐねている様子だった。

その代わり、虎目の種液を三度も飲まされた。

虎目の体液はその者のなかにある欲望を引きずり出すと月長は言っていたが、それは真実であるのだろう。飲むと身体が内側から火照って仕方なくなる。

しかしその火照りを発散させることはできず、晶はただただ屈辱感と妖しい苦しさに悩まされたのだった。

シンシャがくるんとした尻尾を振りまわしながら広い造花工房を走っては、晶の横に戻ってくる。昼のあいだだけではあるものの、口輪と鉄の鎖を解くことを許されたのだ。工房にいる女工たちはすべて手練(てだ)れの甲賀のくノ一であるから、なにか怪しい動きをすれば、すぐに晶とシンシャを取り押さえることができる。

虎目と夫婦になってふた月がたち、昼の造花屋の仕事にはだいぶ慣れてきた。仕事といっても晶にできることといったら、造花作りの工程で出る塵(ちり)を掃き集めたり、ザクロを手伝って材料や出来上がった造花の管理をしたりする程度のものだ。

「華奢(きやしや)でも、やっぱり男の子だねぇ」

材料の搬入作業をしていると、ザクロが感心した様子で言ってきた。

「山にいたころは、川から汲んだ水を運んだり、町から何ヶ月ぶんもの米を背負って半日走ったりしてましたから」

町から庵までは途中から獣道で、走りながらも目を配り、薬草や山菜があれば足を止めて摘み取ったものだ。

晶が生き抜けるように、祖父はあるだけの智慧(ちえ)を授けてから逝った。

ただ、祖父が残してくれたはずなのに、受け取れなかったものがひとつだけあった。

『それに、お前を託せる者も見つけてある。決してひとりにはさせぬからの』

その人は、どこの誰だったのだろう。現れなかったのは、なにかやむにやまれぬ事情があったせいか、それとも祖父との約束を反故にしたからか。

その相手が何者であるかまで告げなかったのは、晶のほうから捜し歩いて伊賀者に捕まる危険を冒させないためだったのだろうが。

いずれにしても、その人を頼りにすることはできず、自力で切り抜けていくしかない。

この異能を誰にも利用されないように守り抜くのだ。

……毎日、虎目の種を飲まされているせいか、このところ夫婦の営みのときに頭がぼんやりして身体がひどくつらくなる。彼に身も心も委ねてはいないし、落ちてもいないけれども、いつかもちこたえられなくなる瞬間が訪れそうで、不安感は日増しに嵩んでいた。

――でも夫婦の約定がある。それに、もし逃げたらツツジが酷い目に遭うんだ。

材料倉庫の棚に色紙や布、針金をしまいながら、晶は幾度も溜め息をつく。

途中、女工が倉庫に顔を出して、材料を書き出した紙を渡しながら言ってきた。

「今日中に葬儀の供物用の白蓮華を三百、白菊を七百作るんで、材料を揃えておいてくださいな」

「かなりの量ですね」

「公爵さまのところですからね。このところ伯爵さま子爵さまあたりだとずいぶん懐具合が厳しいようですけど」

葬儀でどれだけ見栄を張れるかで、華族たちの最新の勢力図を把握できるのだ。

「じゃあ、女将さん、手が空いたら私もお手伝いに来ますから、よろしくお願いしますね」

女将さんと呼んで晶に困り顔をさせるのが、いま女工たちのあいだで流行っているのだ。

紙に書き出された材料を、天井まで届く棚の前を走りまわって、数を確認しては台車に載せていく。こうやって忙しくしているほうがよけいなことを考えずにすんで、気が楽だ。

まんまと少し赤面して困り眉になりながら、晶は「用意しておきます」と答える。

蓮華の花芯素材がはいっている大きな箱へと手を伸ばす。箱の下の縁に手が届きそうで届かなくて背伸びをしていると、ふいに横から手が伸びてきて箱をひょいと取った。びっくりして後ずさると、背後に立つ男に背中がぶつかった。山梔子の香りが漂う。

「ほらよ」

虎目が差し出す箱を、晶は慌てて受け取る。

「ほかにどれか取ってほしいのはあるか？」

「じ、自分で取れますから」

虎目が背後から晶が手にしている紙を覗きこんだ。

「菊の花芯だな」

そう言いながら、長い腕を棚へと伸ばす。虎目の厚みのある胸板や引き締まった腹部が、晶の背を覆うように密着する。

なぜか心臓が変なふうに跳ねて、晶は思わず虎目の顔を見た。

こうして見上げると、力強く引き締まった顎の線が、筆で描き取ってみたくなるほど鮮やかだ。ついつい、頭のなかでそのまま筆を動かしつづける。しっかり隆起した鼻梁(びりょう)や傲岸な性格を表す眉の流れ、縁の張った耳や鍛えられた太い首筋——最後に、くっきりとした二重の目を筆でなぞって、色を差す。

舐めるように見られていることに気づいたのか、虎目が棚の箱に手をかけたまま見下ろしてきた。数秒、互いの目をじっと見詰める。

晶が我に返って瞬きすると、虎目もまた瞬きをしてから視線を逸らした。

そして箱を棚から引き出しながら、ぼそりと言う。

「お前のは稀有な異能の代償で成長が遅れてるだけだ。そのうち伸びる」

どうやら、晶が身長のことを気にして見詰めていたのだと勘違いしたらしい。

気遣いのある言葉をかけられたのが意外で、またまじまじと見上げてしまうと、晶がかかえもっている箱のうえに、虎目が新たな箱を乱暴に載せた。

重さはそれほどでもないが、視界が完全に箱で塞がってよろけると、頭をポンと軽くはたかれた。

「言っとくが、俺みたいになれるとかいう夢は見るなよ」

いつもの小馬鹿にしたような響きがその声には混ざっていた。


昼の造花屋の仕事を終えて夕食を取ると、晶は二階へと下りて行った。

初めのうちは昼の店で顔を合わせている女工たちが、夜に花を売る姿を見ることに強い抵抗があった。けれども、一週間ほど前にツツジにせがまれて似顔絵を描いたときに、これだけ絵心があるなら化粧もうまいのではないかという話になり、そこから夜の造花屋に出る女たちの化粧を手伝うようになったのだ。

戸惑いはあったものの、化粧をほどこした相手が手鏡を覗きこんではしゃぐさまを見ていたら、嬉しい気持ちになった。彼女たちはどうやら自分自身のために綺麗になりたいと思っているらしい。なんだかそれがとても純粋なものに感じられたのだった。

二階にいると、なまなましい声があちこちから聞こえてくるが、それも化粧に集中しているとあまり気にならない。

「あたしもカフェーの仕事のほうをしたかったわぁ」

ひと仕事終えて戻ってきたアカネが着崩れた緋襦袢姿で片膝立てて煙管を吹かす。

「カフェーってなんですか？」

晶は化粧筆の汚れを懐紙で拭いながら尋ねる。

「珈琲(コーヒー)っていう飲み物を振る舞う洋風茶屋のことよ。虎目さまは銀座(ぎんざ)にカフェーも出していて、そこの女給もくノ一なの」

「アカネさんは女給をやりたいんですか？」

「カフェーの女給は、東京中の女子の憧れの的だもの」

「そうなんですね。俺には想像もできない世界です」

こうして東京市にいるものの、店の外には一歩も出してもらえていないのだ。溜め息をついて化粧箱に筆をしまっていると、乱暴に襖が開けられて虎目がはいってきた。

「もう零時だぞ」

言われて時計を見れば、本当に零時を過ぎていた。

「すみません。もう少ししたら部屋に戻りま――」

言葉を言い終わる前に、虎目に荷物みたいに小脇にかかえられる。そのまま連れ去ろうとする虎目に、アカネが声をかけた。

「虎目さま、晶さんは昼も夜もとーってもよく働いてますよ。労いにカフェーにぐらい連れて行ってあげても、罰は当たらないんじゃないですかぁ」

虎目はうるさそうにアカネに一瞥(いちべつ)をくれると、今度こそ晶をかかえたまま四階へと戻った。

奥の部屋に連れて行かれるのかと思ったが、しかし投げ落とされたのは湯場の脱衣場だった。これからの時間は寝所で夫婦の営みをしなければならない。そのために身体を綺麗にしろということなのだろう。

今日もまたつらさに耐えなければならないのだ。項垂れたまま着物を脱いで湯場にはいる。湯を被ってから身体を洗っていると、背後でからりと摺り硝子を嵌めた引き戸が開けられる音がした。驚いて振り返ると、全裸の虎目が湯場に踏みこんできた。

晶は目を見開いて固まったまま、咄嗟に頭のなかの紙に筆を走らせていた。

見事に均整の取れた長い手足。肩や胸部、二の腕、腿の筋肉の盛り上がり具合。八つに割れた腹部。腰骨から下腹部へと流れる浮きたった筋。そして、ずっしりと垂れている陰茎。

それらを瞬時に、克明に写し取る。

「背中を流せ」

洗い場用の檜椅子に、晶に背を向けて腰かけながら虎目が命じる。

ようやく、一緒に入浴する気なのだと理解して、晶は改めて動顛した。このようなことは初めてだった。けれども夫婦であるし男同士であるし、不自然なことではないのかもしれない。そう自分に言い聞かせて、虎目のほうを向くかたちで檜椅子に座りなおした晶は、思わず「あっ」と声を漏らした。

その隆々とした背中の右肩から左腰まで、袈裟斬りにされたと思しき痕があったのだ。完全に塞がっている古傷だが、命に関わる深手だったに違いない。

この大正の世でも、こんな傷を負うほど血なまぐさい闘争に虎目が身を置いているという事実を突きつけられて、肌が粟立つ。

石鹸をつけた手ぬぐいをその背に当てて、傷痕に強く触れないようにやわやわと動かすと、虎目に横目で睨まれた。

「もっと強くしろ。くすぐったい」

手指に力を入れると、布越しにも傷の盛り上がりが感じられた。

――いつ、どんなふうにこの傷を負ったんだろう？　なんのために？　……誰のために？

大事なことを訊きたいのに訊けないのは、自分たちが名ばかりの夫婦であるせいか。

――……夫婦って、なんなんだろう？

番、伴侶、家族。

家族の関係はわかる。動物の番なら野山で見てきた。でも、伴侶という人間の夫婦のことは両親の記憶もない晶にとって、町で見かけたことがある程度のものだった。

「今度は俺が洗ってやる」

手ぬぐいを取り上げられて、晶は促されるままに虎目に背を向けた。手ぬぐい越しにも、大きな掌と長い指とをありありと感じる。それが労うような手つきで、背中を這いまわっていく。

——気持ちいい……。

虎目に無防備に背を向けているのに、安堵感を覚えていた。少なくとも彼がいま自分を攻撃することはないと信じられるからだ。

うっとりしかかったところで、背骨をなぞられて尾骶骨を指先でくじられた。自分でも驚くほど身体が露骨に跳ねて、晶は慌てて尾骶骨を掌で隠した。

「あ、ありがとうございました。もう充分です」

そう言って床に膝をついて逃げようとすると、腰を摑まれて檜椅子へと尻を戻された。背後から男の身体が覆い被さってくる。それが昼に、虎目が棚の箱を取ってくれたときのことに重なった。

とたんに心臓の動きがおかしくなって、晶は身を丸める。

その丸めた背を、虎目のどこもかしこも逞しい体軀に包みこまれた。胸に手を回されて、手ぬぐい越しに擦られる。

「洗ってやってるだけだ」

「——ぁ…」

乳首がぷっくりしてしまっていることを、通り過ぎる虎目の指に教えられる。

みぞおちから腹部、脇腹をくるくると洗われていく。虎目の手に下腹部の茎をくるくるみこまれて、晶は啜り泣くような声を漏らした。

心臓の乱れた拍動が、茎にも絡みついていた。虎目の手指がわずかに動くだけで、その拍動が強くなる。

「か…は」

うまく呼吸ができなくて口から言葉にならない音が漏れる。

「あきら」

呼びかけられて首を横に振ると、頬を手で包まれ、振り返るかたちで首を捻じらされた。すぐ間近で視線が合う。

虎目の眸が金色の光を強くしている。……身じろぎもできないのは、眸で術を使われているからなのだろうか。虎目が瞼を伏せて、さらに顔を寄せてきた。

唇に吐息がかかる。

心臓があまりにもつらくて、晶はきつく目を閉じた。

「――――」

なにも、起こらなかった。

「あとは自分で洗え」

そう言って身体を離すと、虎目は自身の身体を手早く洗い流し、湯船に浸かることもなく湯場を出て行った。

晶は身を丸めたまま左胸と、尖ってしまった茎を手で押さえる。

きっと種液を繰り返し飲まさせているせいで、おかしくなってしまったのだ。

冷水を浴びて身体を落ち着けてから部屋に戻ると、しかし先に湯場を出たはずの虎目の姿はそこになかった。寝所でひとり横になる。早朝から夜まで造花屋の手伝いをして疲れているはずなのに眠気が訪れてくれない。

——虎目は、どこにいるんだろう…。

思えば、ここに連れ去られてからというもの、虎目はいくら遅くなってもかならず晶の寝床を訪れていた。

自分が夜の営みで満足させることができないから、ほかで満たすことにしたのだろうか。

そう考えたとたん、呼吸がつらくなった。

そもそも虎目は晶を落として甦りの術を使わせるという目的があって夫婦となっただけなのだから、貞操などというものを守るつもりはないのだろう。

——俺だって、絶対に落とされたらいけないんだから、別に虎目が帰ってこなくてもかまわないんだ。

そう考えて頭のうえまで布団を被ってみたものの、気持ちはざわめいたままで、少しうつらうつらしただけで朝を迎えてしまった。

虎目は朝食にも昼食にも現れなかった。寝不足もあって仕事にも集中できず、いくつか失敗をして倉庫で落ちこんでいると、ツツジが声をかけてくれた。

「大丈夫？　どっか具合でも悪いの？」

晶は作業台で色付き和紙を仕分けする手を止めて、しばし逡巡(しゅんじゅん)したのちに尋ねてみた。

「――虎目は、なにか用事で出かけてるのかな？」

「もしかしてゆうべからいないの？」

頷くと、ツツジが難しい顔をして視線を斜めうえへと向けた。

「特に申し送りもなかったってことは、月長さまのとこじゃないかな」

「あの幼馴染の？」

「そうそう」と頷いて、ツツジが女子にしては強すぎる力で晶の背中をパシッと叩いた。

「そんな心配そうにしない。虎目さまなんて前は諜報活動を言い訳にして、朝帰りしまくってたんだからね」

「そう、なんだ？」

「所帯をもつとやっぱり男は変わるもんなのね」

ツツジがまるで世慣れた女のように腕組みをして言うから、晶は思わず吹き出してしまった。昨夜からずっと苦しかった胸のあたりが、少し楽になっていた。

昼下がり、工房の片隅でシンシャにおやつの干し肉を食べさせていると、「晶、用があるから来い」と虎目の声が響いた。

虎目が近づくと、シンシャが鼻の頭に皺を寄せてウーッと唸る。

「相変わらず生意気な犬だな」と虎目が言うと、シンシャが「ゥワン！」と吠えて、晶を守るように虎目の前で短い四つ脚を踏ん張った。どうやらシンシャは虎目のことを、晶に害を為す者だとみなしているらしい。

「チビのくせに無駄に抵抗するところは飼い主そっくりだな」

呆れたように呟いて、虎目が踵を返しながら「早く、来い」と晶を促す。

晶はシンシャの頭を撫でて「大丈夫だよ」と言い聞かせてから、虎目についていった。

階段を上る虎目の洋装の後ろ姿に、晶は小声で尋ねた。

「月長さんと、いたんですか？」

「ああ、そうだ」

——本当に女の人のところじゃ、なかったんだ。

思わず安堵しかけて、自分はそんなことは気にしないのだと、かぶりを振る。その様子を、階段の踊り場から虎目に見られていた。それに気づいて赤面すると、虎目が言い放った。

「まるで赤べこだな」

朱色の牛の置物が、カクカクと首を振る滑稽な様子が思い浮かんで、晶はさらに顔を赤くする。やはり虎目は自分のことを妻などと微塵も思っていないのだ。シンシャや赤べこと、彼のなかでは同じくくりなのだろう。

……そう思ったらなぜか、また胸のあたりがもやもやと苦しくなった。

四階の奥の部屋には、洋装一式が用意されていた。

「それを着ろ」と命じられて、晶は目をしばたたいた。

「え、俺がこれを着るんですか？」

「出かけるから、早く着ろ」

これまで一歩もこの建物の外に出してもらえなかったのが、どういう風の吹きまわしか。

しかし純粋に東京市の様子を見てみたい気持ちがこみ上げてきて、晶は構造もよくわからない洋服を手に取った。

晶が着替える姿を、虎目は座卓に頬杖をついて眺めていた。

ボタンのある服を着るのも初めてで、シャツの裾をズボンに綺麗に入れるのにすら手間取る。その格闘する姿がよほどおかしいらしく、虎目が露骨に肩を震わせる。

なんとかシャツとズボンとベストを身につけることはできたものの、タイとカフスボタンはお手上げだった。

みっともない見世物を愉しんだ虎目は腰を上げると、晶の服をきちんと整え、タイとカフスを嵌めてくれた——かと思うと、急に肩を掴まれて座卓の天板に腰かけさせられた。

虎目が畳に膝をつき、晶の左脚をもち上げて、自身の腿を踏ませた。

「あの——」

戸惑っているうちに、ズボンの裾を膝まで捲り上げられる。普段は着物の裾が捲れても気にならないのに、筒状のズボンから覗く脚を見られるのが、なぜか無性に恥ずかしい。

「これがまだだろ」

細い革製のベルトを虎目が手に取る。使い方がわからなかったそれを、ふくらはぎのうえのほうに巻かれる。そして黒い靴下に足を通させられた。革ベルトへと靴下が留められる。

靴下留めを装着された白くてほっそりした脚は、なにか自分のものでないように見えた。

——なんか、これ……いやらしい。

今度は右足で虎目の腿を踏まされた。またズボンを捲られて靴下留めをつけられながら、晶は虎目を見下ろす。

髪が綺麗に後ろへと流されていて、幾筋かだけ前髪が額にかかっている。そのせいで強く通った鼻筋や、秀でた額、鮮やかに生えそろった眉が克明に見える。華やかに結ばれた幅広のタイ、肩幅や胸板の厚みを際立たせる三つ揃えが、虎目の恵まれた容姿をいっそう引き立てる。

この一見すると完璧な紳士のように見える男の背に、無残な傷痕が引かれている——そう思ったとたん、身体の芯がぞくりとした。

褐色のなかに暗い金色が混ざる眸が、ゆるりとこちらを見上げる。

きっと赤べこのような顔色になっているに違いなかったが、虎目は揶揄することなく、晶のズボンの裾を下ろす。

虎目が立ち上がり、こちらに掌を差し出してきた。

躊躇いつつも、晶はその掌に手を載せた。すると手指をキュッと握られて、立ち上がらされる。虎目が手ずから上着を着せてくれ、さらにポケットから出した櫛で前髪を梳いたうえでシルクハットを被せてくれた。

そうして改めて晶を眺めて、呟く。

「案外、似合うな」

からかうでもない言葉に、どう返せばいいかわからずにいると、肩甲骨の下あたりに手を添えられた。

「行くぞ」

どこに行くつもりなのか訊きたいけれども、喉が詰まったようになってしまっていた。

いつもは言葉も態度も乱暴なくせに、急にこんなふうに丁寧に扱われたら、どうしていいのかわからない。

並んで階段を下りながら、ふとツツジの言葉が耳の奥で響いた。

『虎目さまなんて前は諜報活動を言い訳にして、朝帰りしまくってたんだからね』

『所帯をもつとやっぱり男は変わるもんなのね』

晶は俯いて下唇をそっと噛む。

それを嬉しいと自分が思っていることに、気づいてしまった——。


「一、二、三、四、五……あの建物、六階建てですよ！」

自動車の後部座席の窓に張りついて石造りの巨大な建物の階数を数えて、晶は驚嘆に声を裏返らせた。

日本橋区にある造花屋の和洋折衷の四階建ての建物を数十分前に初めて外から見たときにも唖然としたが、京橋区銀座の街並みはそれこそ異世界のようだった。

しかも、晶はいま「自動車」に乗っているのだ。山間から通っていた町で何度か見かけたことはあったけれども、虎目の所有物だという「三菱A型」というこの自動車はそれらとは別格の目を瞠るほど立派なものだった。

東京市には乗合自動車なるものもあるそうで、銀座の道路は路面電車や自動車が行きかっている。町ゆく人々は和装もいれば洋装もいるが、いずれも洗練された様子だ。

「そんなに高い建物が好きなら、今度、浅草十二階に連れて行ってやろうか?」

隣で座席に深く身を沈めた虎目が言う。

「えっ、凌雲閣に、ですかっ⁉」

凌雲閣は日本でもっとも高い建築物で、晶はそれを絵ハガキで見たことがあった。

顔を輝かせて横を見ると、虎目が喉を短く鳴らして、少し意地の悪い様子で目を眇めた。

「よい妻でいるならな」

「……」

よい妻の意味に、夜の務めも含まれているのを感じ取って、晶は顔を窓のほうへと向けなおした。頬が火照るのがわかったからだ。

──駄目なのに……俺は、おかしい。

車が停まって、運転手が後部座席のドアを開けた。先に降りた虎目が、手を差し出してくる。その手を頼らずに、晶は車を降りた。

「それで、どこになんの用事があるんですか?」

尋ねると、虎目が目の前の優雅な洋館を指差した。

その神殿のような柱のある入り口のうえに掲げられた看板には、「カフェーフルリスト」と洒落た字体で記されていた。

「カフェーって……あのカフェーですか?」

「アカネがお前を連れていけと騒いでたからな。まあ、予想外によく働いて役に立ってるのは確かだ。たまにはいいだろう」

まさか、そのような理由でわざわざ連れてきてくれたなどとは夢にも思っていなかった。

——予想外によく働いて役に立ってる……そう思ってくれてたんだ。

胸がじんわりと温かくなって、さっき車を降りるときに虎目の手に触っておけばよかったと、少し後悔してしまった。

銀座のカフェーは外観ばかりでなく、内装もまた品のいい西洋風で、広間の天井は吹き抜けになっていて、本来の二階部分にはぐるりと通路が設けられており、特別席らしきものがある。

店のいたるところに飾られている花は生花と遜色ないが、おそらく造花屋のものだろう。磨き上げられたテーブルには深紅の天鵞絨（ビロード）を張った椅子が添えられており、そこにはこの場にふさわしい紳士淑女が腰かけて、喫茶と会話を楽しんでいる。

見上げれば、天井からは小さな水晶を無数に綴った巨大な照明器具が吊るされていた。ポロンポロンと美しい音色が聞こえてくる。広間の奥に据えられている、黒くて大きなものから出ているようだ。あれはたぶんピアノという西洋の楽器だろう。

口を半開きにして、洗練された空間に圧倒されていると、和服にフリルのついた白いエプロンをした女給たちが微笑みながら近づいてきた。

「虎目さま、――それに、噂の女将さんですね」

そういえば、虎目のカフェーの女給も甲賀のくノ一なのだと、アカネは言っていた。女給に促されて階段を上り、二階の特別席へと行く。そこには緞子(どんす)張りの長椅子と低いテーブルが置かれていた。

虎目と並んで長椅子に腰を下ろすと、すらりとした燕尾服(えんびふく)姿の男が現れた。

「ようこそ、カフェーフルリストへ」

腹部に白い絹手袋を嵌めた手を添えて、慇懃(いんぎん)に頭を下げるその人を見て、晶は目を丸くした。淡い色の髪と眸、面長の神経質そうに整った顔立ちに見覚えがあったのだ。前に会ったのは祝言の晩で和装だったから雰囲気が違ったが。

「月長さん……」

呟くと、虎目に肩を抱かれた。

「月長は、このカフェーの店長だ。ここの所有者も、俺ではなく月長ということにしてある」

「そ、そうなんですか」

ただ肩を抱かれているだけなのに、心臓の動きがおかしくなる。困惑して座る場所をずらして身体を離すと、「相変わらず、つれねぇなぁ」と虎目が苦笑いした。

「手こずっているのでしたら、またお手伝いに行きますよ？」

月長が切れ長な目元に色気を滲ませて言うと、虎目が「それもいいな」と返す。

祝言の翌朝のことが思い出されて、晶は耳まで赤くして俯いた。ふた月前のあの頃はよくわかっていなかった性的な行為の淫らさを、いまはいくらかわかるようになっていた。

『幼馴染のよしみだ。こいつが俺に身も心も捧げた暁には、お前も好きに使え』

虎目の言葉がいかに酷いものであったかも、いまのほうがよくわかって、胸にもやもやしたものが充満した。

初めて口にした珈琲という飲み物は、たいそう苦かった。虎目はそれをうまそうに飲みながら「舌も未成熟か」と揶揄してきて、続けた。

「一杯、二十銭だ」

晶はびっくりして、思わずカップを取り落としそうになり、慌てて両手でもちなおした。

「これが、蕎麦三杯ぶん…」

「まあ、もっと廉価で飲ませてる店もあるけどな。ここでは客層を選別したいから価格を上げたうえで、会員制を設けてる」

そう言いながら虎目が階下へと視線を投げる。

「上層階級を選別してるってことですか？」

虎目がまた肩に手を回してきた。顔を寄せ、低い声で晶に教える。

「あの窓辺の席のふたりは、造船業の成金社長と、日本銀行総裁の甥だ。奥の席の水色の

洋服の女は政友会議員の妻で、男のほうはその議員の秘書だ。あのふたりはもう長いこと不倫関係にある」

「……不倫、ですか」

夫婦が相手を裏切って、それ以外の人と深く交わることを不倫と呼ぶのは知っていた。

「この店は、あれこれ詮索する記者は排除してる。店の者たちも口が堅いから、警戒心が薄れた客が面白い情報を落としてくれるってわけだ」

造花屋がそうであるように、ここも諜報活動のために用意された場所というわけだ。

甲賀の忍があらゆる方面へと情報の触手を伸ばしていることに、寒気にも似たものを覚える。

「そうやって情報を集めて、上流階級のために働くんですね……。俺は、伊賀のこともよくわからないですけど、忍はそういうものですよね」

虎目が少し間を置いてから、話の流れとは違うことを口にした。

「最近は少し落ち着いたが、ここ数年ずっと米が高騰してただろう」

祖父に滋養をつけさせたいのに思うように米が手にはいらなかったつらい記憶が甦る。

「はい。あっちこっちで米騒動が起こってたそうですね」

「米が投機の対象になってるからだ。売り惜しみだとか買い占めだとかして、地主や米穀商人が価格を吊り上げてた」

「……政府は、それを許してたんですか？」

「前内閣がろくに介入しないから、俺たちは国民の米騒動を煽動して、平民宰相へと挿げ替えることにした」

　その言葉に、晶は目を丸くした。

「え、甲賀が関わっていたんですか」

「ああ。雇い主と一緒に計画を練っていくうちに、俺たち自身が、そのことに意義を感じるようになったんだ」

　決して、甲賀は上流階級の者に雇われて動いているだけではないのだと、虎目は伝えたかったらしい。

「だが、平民宰相も所詮は金持ちの機嫌取りありきだった」

　虎目が苦虫を嚙み潰したような顔で続ける。

「決定的に市場に介入するでもなければ、外国米を輸入するでもない。いまだに米穀投機は、株式投機を上回っているのが現状だ」

　投機というのがどのようなものなのかよくわからなくて、晶は虎目の語る内容を理解しきれなかったが、それでもこのような話を虎目がしてくれることに胸が高鳴る。

　それに、虎目が前時代とは違うかたちで甲賀者たちを、民衆の力となるように導いていることに、純粋に感動していた。

「……凄いですね、虎目は」

心から言うと、虎目がふと瞬きをして、なにか少し不機嫌そうな顔になる。

「お前みたいなガキに評価されても、嬉しくもねぇけどな」

ぼそぼそと言うその目元は、わずかに紅くなっていた。

そんな虎目を見ていたら、胸のあたりがきゅうっと絞られたようになった。苦しいような疼くような、変な感じだ。でも、決して嫌な感じではない。

なんだか頬が熱いから、また赤べこみたいになってしまっているのかもしれない。そんなことを気にして俯いていると、月長が来て虎目に少し話があると告げた。

ふたりが連れ立って、奥の区域に続く通路へとはいる。消える瞬間、月長がこちらに向けた視線が、なにか引っかかった。

晶は苦い飲み物を少しずつ嚥下していたが、しばらくしても虎目が戻ってこないことが次第に気になってきた。最後の一滴を飲みこんで、そっと席を立つ。

ふたりが消えた通路を覗きこんでみると、左右に扉が並んでいた。壁には西洋の街並みの写真がいくつも飾られている。着色をほどこされたその写真に心惹(ひ)かれて、晶は通路に足を踏みこんだ。

そうして一枚ずつ写真を眺めていると、扉がわずかに開いたままになっている部屋があった。

覗き見はいけないと思いつつ、通り過ぎながらちらとなかを見た晶は、目を見開いた。

そこに置かれている家具類もすべて西洋風で、奥のほうには柱と屋根のついた寝台が置いてある。

その寝台に、男がふたり重なるように載っていた。下になっているほうは燕尾服を着ていて、覆い被さっている男の背に回された手には白い手袋を嵌めている。

——……月長さん、と……虎目？

ふたりは顔を重ねていた。かすかに湿った音がする。見たくない。そう思うのにどうしても目が離せない。なまじ夜目が利くせいで、薄暗い部屋でも細部まで見えてしまう。

月長の口に、虎目の舌がはいっていた。

接吻(せっぷん)を、しているのだ。

晶はいまだ虎目と接吻をしたことがなかった。昨夜の湯場で唇が触れ合うかと思ったが、触れなかった。

夜の造花屋の女たちによれば、接吻は特別なものらしい。だから仕事ではできるだけしないようにしているのだという。本当に大切な人とするべきものなのだと。

そういえば、虎目は昨夜は月長のところに泊まったのだろうと、ツツジは言っていた。

だとすれば、接吻以上の行為に及んだのではないか。

まるで頭を鈍器で殴られたかのように身体中が痺れて、晶はよろけながら扉の前を離れた。ほとんど無意識で長椅子に戻り、呆然としているうちに虎目が戻ってきた。

「なんだ、ぜんぶ飲めたのか」

空になった晶のカップを見た虎目が、子供をからかう口調で言う。

——月長さんみたいな人が、いいんだ……。

自分のような野暮ったくてなにもかも未成熟な者より、月長のように洗練された色香のある人が好まれるのは、当然だ。そう頭でわかっていても、衝撃は大きすぎた。どんな理由であれ自分たちは祝言を挙げたのだから夫婦で、虎目は妻がありながらほかの者といやらしいことをしている。

——不倫、だ。

頭も手指も冷たく痺れている。

晶の様子がおかしいことに気づいた虎目が、顔を覗きこんできた。

「どうした? 刺激が強すぎたか?」

「……、……」

頭も口も回らなくて、なにも言葉を返せない。涙ぐむ目を隠したくて睫毛を深く伏せる。

本当に、つらい。

虎目が不倫をしている事実に対してもだが、それ以上に、そのことにここまで傷ついている自分に驚き、惑乱していた。

──どうしよう……。

「……本当に顔色が悪いな。今日はもう帰るか」

立ち上がった虎目が差し出した手を拒絶したものの、長椅子から腰を上げたとたんにふらついて、腰を抱き支えられてしまう。触れられるだけで、胸の苦しさがいっそう増す。なかばかかえられるようにして階段を下り、カフェーを出たちょうどその時、店の目の前に一台の自動車が停まった。

驚くほど長い鼻をした大きな車から降りた男は、虎目と変わらぬほどの長身だった。かたちよく整えられた口髭(くちひげ)といい、いかにも上流階級の紳士らしく堂々としている。

その男を目にした虎目が急に歩を止めて、まるで獣のように喉で唸り、晶のシルクハットの鍔(つば)を深く下げた。

相手もまた虎目を見たとたんに眉間に深い皺を刻んで足を止めた。

言葉も交わさずに睨み合うふたりのあいだには、明確な殺意が生じていた。

その膠着(こうちゃく)状態を解いたのは、異変に気づいた月長だった。彼は店から駆け出してくると、紳士の腕にそっと手を添えた。

「綾坂(あやさか)さま、お待ちしておりました。さあ、どうぞ」

虎目と綾坂がすれ違うとき、バチッと電流が弾けたかのような錯覚を、晶は覚えた。ふたりのあいだには、ひとかたならぬ因縁があるのに違いなかった。

自動車に乗りこんでからも、虎目はむっつりと押し黙り、拳をきつく固めていた。

造花屋に帰ると、ツツジが「虎目さまと初めてのランデブーはどうだったの？」と訊いてきた。ランデブーというのは恋人同伴で出かけることをいうそうだ。

晶がカフェーで綾坂という男と虎目が一触即発だったことを話すと、ツツジが口ごもる様子を見せたのち、顔を曇らせて教えてくれた。

「綾坂堯雅（たかまさ）――綾坂侯爵ね。デモクラシーに反対してて、伊賀者を飼ってるのよ」

「伊賀者を…」

甲賀者が東京市で諜報活動をおこなっているように、伊賀者もまた国の中枢に食いついて活動していたのだ。

虎目がシルクハットの鍔を下げて顔を隠させたのは、玉虫色の眸をもつ抜け忍の情報が、伊賀者に伝わらないようにするためだったのか。自分が危うい身の上であることを、晶は改めて認識する。

本当は、虎目と月長の関係についてもツツジに訊きたかったけれども、それは胸が苦しすぎて、口にすることができなかった。

「今日は初めての外出で疲れただろ」

あとから湯を使って寝所にはいった虎目はそう言うと、並べて敷かれた布団のもう片方に横になった。

そんな気遣いも、しかし晶にはとうてい素直に受け入れられるものではない。

――月長さんで満足したから、俺に触る必要もないんだ？

胸に立ちこめている靄が、腹立ちと悲しみに、いっそう深くなる。

認めたくないけれども、自分はいつの間にか虎目のことを伴侶として見るようになっていたのだ。だからこんなにも気持ちを掻き乱されるのだろう。

晶は虎目に背を向けてきつく目を閉じる。それなのに眠気はまったく訪れず、それどころか瞼の裏に虎目と月長の激しい接吻が浮かんできて、どんどん苦しくなっていくばかりだった。

――こんなの、耐えられない。

晶は目を開けると、ほとんど焦燥感に衝き動かされるように身を起こした。そして虎目の掛け布団をめくり、そこに身体を滑りこませる。

虎目の両脇に手をついて覆い被さる。

「おい、なんのつもりだ？」

虎目が呆れたような苦笑いをする。

いつもは目的のために晶を落とさなければならないから手を出しているだけで、こんなふうにされても、色気もなにも感じないのだろう。

──俺だって……。

晶は突っ張っている肘を折り曲げた。

虎目の目が見開かれるのを間近で見る。

厚みのある男の唇に、自分の唇を加減もわからずに押しつける。ただそれだけのことなのに、後頭部から項にかけてが強く痺れて、背筋が震える。いや、震えているのは背筋だけではなかった。身体を支えている腕も、重なっている唇も、ギュッと閉じた睫毛も、どこもかしこも震えが止まらない。

さらにぐいぐいと唇を押しつけると、急に首根っこを摑まれて、顔を上げさせられた。

「──お前、わかってんのか？」

薄目を開けると、置き行燈に照らされた虎目の顔は剣呑とした表情を浮かべていた。

「ちゃんと、わかってます」

咄嗟にそう言い返してから、自分が本当にわかっているのだと晶は気づく。

虎目の種を飲まされつづけて、肉体をおかしくされているのは事実だ。もしかすると心も、肉体に引きずられている部分があるのかもしれない。

けれどもそれとは別に、虎目が自分にきちんと関心をもって向き合ってくれていると感じられることが、いくつもあった。

『見事な画力だな。これだけで身を立てていける』

『お前のは稀有な異能の代償で成長が遅れてるだけだ。そのうち伸びる』

『まあ、予想外によく働いて役に立ってるのは確かだ』

どんな経緯であれ夫婦という家族の縁を結び、虎目が以前のように頻繁に朝帰りをしなくなったという話を聞けば嬉しくなり、月長と接吻をしている姿を見れば悲しくて仕方なくなる。

それに、カフェーで甲賀の在り方や、虎目の心情を話してもらえたとき、本当にとても嬉しかった。

——俺は、虎目をもっと知りたい。きちんと向き合ってみたい。

そうすれば、この心に立ちこめている靄の向こうにあるおのれの本心が見えてくるのではないだろうか。

そして、それには虎目の欲望を受け止めることが必要なのだ。

晶の顔を見詰めていた虎目が、舌打ちをした。

「泣き言を言っても、もう聞かねぇからな」

宣言とともに、摑まれている項を押さえこまれる。ふたたび唇が重なったかと思うと、虎目の舌が突き上げるように口のなかにはいってきた。

「ん——ん…」

舌を舐められるのが、耐えがたいほどこそばゆい。自然と丸まってしまう舌の裏側を舐めまわされた。初めての接吻のいやらしさに、もう腕にまったく力がはいらなくなって、虎目へと体重をすべてかける。

口蓋をくすぐるように舐められながら、襦袢の腰から臀部を両手で撫でまわされる。尾骶骨を摘まれると、会陰部全体がじんわりと痺れた。尾骶骨から狭間へと指が滑りこむ。

布越しに蕾を指先で捏ねられて、晶は思わず虎目の舌をきつく吸う。虎目の体液を口から摂取しているせいなのか、頭のなかも脊髄も、どんどん熱くなっていく。

「んぅ…は…」

腰が自然とくねり、虎目の硬い腹筋に陰茎を擦りつけてしまう。すると舌で口を繋げたまま、虎目が上半身を起こした。胡坐をかいた男の膝に向かい合わせで座るかたちになる。虎目の手が晶の襦袢の裾を乱暴に開き、さらに自身の襦袢も同じようにした。

陰茎同士がじかに触れる。

自分のそれも、虎目のそれもすでに硬く腫れて、蜜を垂らしていた。

今度は臀部にじかに虎目の手が這い、蕾にわずかに指先を嚙ませた。それだけで腹の奥のほうがキュッと締まって、晶はまた腰をたどたどしくくねらせる。勃起したもの同士が擦れると、目の裏がチカチカしだす。

自分から求めていることが、心にも肉体にも、いつもと違う作用を及ぼしているらしい。

——どうしよう……。

困惑と昂(たか)ぶりのあまり、晶は啜り泣くような声を漏らす。

——俺、淫乱なんだ。

淫乱という言葉は夜の造花屋で、つい先日覚えたばかりだった。

晶のなかから舌と指を抜いた虎目が、舌なめずりをして言う。

「いまさらそんなふうに泣いても、男をそそるだけだぞ」

そして晶の茎へと手を伸ばしたかと思うと、なかば被ったままの包皮を引き伸ばして、
それをみずからのぶ厚い亀頭の先に被せた。

「ぃ…あ」

濡れそぼった先端同士が、封じられたところで密着する。あまりの卑猥(ひわい)さに、晶は真っ
赤になった顔をきつく横に振った。

「お願——や、やだ」

「嫌がってるわりに、どくどく先走りを漏らしてるぞ?」

ふたりの蜜が混ざって、包皮の縁からたらたらと滴っていた。しかも虎目の体液まみれ
にされている先端の実が燃えるように熱い。

「ぁ…ぁ——そんなに、くっつけないで」

先端の孔をくっつけて尿道に蜜を出されると、茎を熱した針で貫かれたようになる。

「俺を受け入れるのがどういうことか、ちゃんとわかってるんだろう？　ん？」

耳元で囁かれて、晶は虎目の腰をきつく挟んだ脚をピクピクと震わせながら「わかって、ます」と意地を張る。

包皮から亀頭を抜かれると一気に身体から力が抜けて、ぐにゃりと後ろに倒れた。

男の胡坐に腰を載せたまま、両足首を摑まれて肩口に踵をつく姿勢を取らされる。あられもなく晒された孔に、虎目が亀頭をくっつけた。そして命じる。

「なら、妻らしく、旦那さまと呼べ」

「——」

これまでそんなことを求められたことはなかったし、もっと虎目のことを知りたいと思ってはいるものの、心から尽くし尽くされる関係を結べる相手であるとはいまだに思えていない。

「それは……」

ぬるつく張り詰めた先端に押されて、襞がわずかに開いた。ほんの浅く繫がった場所から、蜜をとろとろと流しこまれていく。ほどなくして晶の腹部に漣（さざなみ）が走りだす。

「呼べないなら、お前に俺はやれねぇなぁ」

晶は唇を嚙む。

いまや内壁は深くまで熟んで、むず痒いような切ないような感覚に満ちていた。

「俺のをしゃぶりだしてるぞ？」

ヒクつく蕾を指先でなぞられながら指摘されて、恥ずかしさに、肌がまだらに紅く染まる。それを虎目は余裕の笑みで眺めている。

これではまるで、自分ばかりが虎目を求めているみたいだ。

思えば、ここまで虎目の術中に嵌められて、求めるように仕向けられたのではないのか。少なくとも肉体は、毎夜のように下拵え（したごしら）をされて、虎目の指を四本まで含めるほどにされていた。

自分にかけてくれた言葉も、もしかすると小手先のものだったのかもしれない。

——いまなら、まだ戻れる。

男の肩口を踏まされている足に力を入れれば、退けることはできるのだ。

「……」

虎目と視線が合う。

その眸に欲望の煌めきを見つけてしまう。

「——……ま」

いけないと思うのに、口が動いてしまった。

「だんな……さま——ぁあ」

呼んだとたん、亀頭をゴリッと蕾のなかに押しこまれて、晶は眸を震わせた。

舌とも指ともまったく違う、桁違いの圧迫感だ。

「待――っ、ふ…」

虎目が前傾姿勢になり、晶の両脇に手をついて、悪辣な男の顔で笑む。

「存分に可愛がってやる」

ゴリゴリと太い幹を捻じこまれていく。まるで内臓を潰されていくかのようだ。

「め…抜いて」

「手遅れだ」

大きく下から身体を押し上げられながら、両肩を摑まれた。

「ぁ、あああ」

大きな虎に臓物を喰らわれている錯覚に晶は陥る。

やはり自分は、もの知らずの未熟者に過ぎなかったのだという事実を突きつけられて、きつく閉じた瞼のあいだから涙が滲み出る。

その涙を、舐め取られた。

「受け入れろ。悦くしてやる」

こんな無惨な行為の最中とは思えない、低く擦れた甘い声音だ。おそるおそる目を開けると、虎目の顔がすぐ近くにあった。

……楽になりたい一心で、晶は自分から顔を上げて虎目の口に唇をつけた。

するに、虎目が身震いをして両腕で晶の身体を抱きこんだ。唇を舐められて、晶は舌を受け入れる。大きな男の身体に包みこまれたまま、身体を揺さぶられていく。手指では届かない深い場所をゆるゆると掻きまわされる。

苦痛のなかに、甘苦しい疼きが混ざりだしていた。その疼きを虎目のゴツゴツとした幹で擂り潰されていくうちに、身体の奥底がわななないた。

「ふ…ぁ」

馴染みだしたところで粘膜をズッ…ズッ…と強く擦られて、晶は敷布をきつく握り締めた。そうしないと、どこかに押し流されてしまいそうな気がしたのだ。

——早く、終わって……くれないと。

流されないように懸命にこらえているうちに、虎目の腰遣いが激しくなってきた。

虎目のかたちに拓かれた内壁が摩擦に爛れていくかのようで。

脚の狭間にひと際強く腰を叩きつけたかと思うと、虎目が動きを止めた。

どうしたのかとぼんやり目を開けた晶は、次の瞬間、口のなかの虎目の舌に歯を立てた。

「ん、ん——っ」

腹の深いところに、粘液を撒き散らされているのがわかったのだ。

——虎目の……種液が……まだ、出てるっ。

これまで幾度も口で受け止めてきたけれども、そのどの時よりも大量の種を、虎目は晶の腹に流しこんでいく。

「や…」

晶は両手を自分の口に突っこんで虎目の舌を指で押し出して訴える。

「こんなに、出されたら——俺」

いつもの量でも、虎目の種を摂取するとおかしくなってしまうのだ。こんなにいっぺんに内臓に放たれたら、どうなってしまうのか。

繋がりを外そうともがく晶を押さえこんで、虎目はたっぷりと時間をかけて吐精しきる。そして眩暈でも覚えたのか、目許を腕で幾度か擦った。

「抜いて、ください——掻き出さないとっ」

悲痛な声で訴えるのに、虎目は晶の体内でふたたび陰茎を硬くすると、それで粘膜に種液をなすりつけながら宣告したのだった。

「これからが本番だぞ」

七

「――ん…ぁ、ぁあ…ふ」

倉庫の作業台に上体を伏せて、晶は口を掌で塞いで、なんとか声を殺そうとする。けれども突き上げられるたびに喉から声が漏れてしまう。それに、作業台がゴトゴトいう音と、結合部からあがる湿った音や男の腰を尻に打ちつけられる音は、隠しようがない。

「奥がうねって、凄いことになってるぞ」

背後から覆い被さっている虎目が、晶の腹部を撫でながら意地の悪い指摘をしてくる。

二ヶ月前に夫婦の営みを最後までするようになってからというもの、虎目は寝所以外でも不意打ちで行為に及ぶようになった。そして晶の肉体は、それに簡単に応えるように変えられてしまっていた。

いまとなっては種がもたらす発情なのか、それとも自分が虎目を夫として受け入れてしまった証しなのかも、晶自身、判別がつかない。

ただ虎目に触れられると心臓が苦しくなって、肉体が芯から崩れるように蕩けてしまうのは確かだった。

――もう、落とされた、のかな……。

どういう状態をもって「虎目に落ちる」なのか。

「も…、終わらせて、ください。人、が来ます」

晶は首を捻じって虎目に訴える。

見て見ぬふりをしているだけで、造花屋の女工も下男も、虎目の晶に対するわきまえのない性交には気づいているはずだった。実際、先日、倉庫の棚に手をついて立ったまま犯されていたとき、引き戸が開けられる音と、すぐに慌てて閉められる音とが聞こえた。

その時の心が焼き切れるような恥ずかしさが思い出されて、再度、終わりにしてくれるように虎目に懇願しようとしたときだった。

倉庫の引き戸が横に滑る音が響いた。晶は天板へと顔を伏せて身を硬くする。早く戸を閉めて立ち去ってほしい。戸が閉まる音がして安堵したのも束の間、あろうことか足音が近づいてきた。

虎目が快楽に喉を鳴らす。

「お前は人に見られるのが好きだな。すごい締めつけだ」

「…ぅ、く」

恥ずかしさと口惜しさに、晶は作業台の縁に指を食いこませて身を震わせる。

足音は晶の頭側で止まった。両の頰をひんやりした手で包まれて、顔を上げさせられる。

「相変わらず、そそられるね」

聞き覚えのある声に目を開けると、床に膝をついた月長の冷ややかに整った顔がすぐ目の前にあった。

「気持ちよくてたまらない顔をしているね。もう落ちたのかな？」

晶すら答えを知らない質問だったのだが。

「いや、まだ落ちてない。案外、頑固でな」

虎目が性交の動きを続けながらそう返して、晶の脇の下に手を差しこんできた。そのまま上体を起こさせられたうえで、着物の裾をぺらりと捲られた。

見下ろすと、勃った茎を露わにされていた。虎目に突かれるたびに、それが付け根から淫らに揺れる。

その茎を、虎目の指に弾かれた。

「ぁあっ」

痛みと快楽が入り混じって、亀頭から散った透明な蜜が机の天板へと落ちていく。

「いまだに種を出さねぇしな――それにしても」

月長に見られている羞恥で締まりきる孔を、虎目がいっそう激しく犯しだす。腰の高さが違いすぎて、爪先立ちしても床に足が届かない。脇の下を支える手と、体内に刺さる陰茎に身体を支えられるかたちになっていた。

「ひ…ぅ、う…ぁぁ」

「絡みつきながら噛みついてくるのが、たまらねぇ」

晶は片手で自身の口を、もう片方の手で目を封じた。そうして必死に耐えているうちに虎目の射精が始まった。いつものように信じられないほど大量の種を放たれる。

快楽の余韻を愉しんでから虎目がずるりと幹を引き抜くと、晶はその場に頽れた。

「出かける支度をしてくる」

「まだ少し時間がありますから、ゆっくりでいいですよ。そういえば、前に言っていた目の不調は治りましたか？」

「ああ。もう、問題ない」

どうやら虎目は月長と、これから外出する予定であるらしい。

虎目が倉庫を去り、晶は自身の脚のあいだに手を差しこんだ。小さく口を開いてしまっている孔に指をくぐらせて、放たれたものを掻き出そうとする。月長の目を憚ってはいられなかった。虎目の種がなかにはいっていると、内壁が激しく疼きつづけて劣情が止まらないのだ。

月長が晶の前に座りなおして、裾から手を入れてきた。指を含んでいる襞をなぞられて、晶は身体をビクつかせる。

「な…」

「手伝ってあげるよ。僕の指のほうが長いからね」

「え——ぁ…ぁ」

晶の許可を待たずに、体内に月長のほっそりとした長い中指が侵入する。

「濃いのをたくさん出してもらったんだね」

「――……」

月長は、虎目と接吻をしていた。ふたりが幼馴染であることは知っているが、どれほど深い仲なのだろうか。

――もしかすると、虎目の想い人は……。

考えると胸がズキリと痛んだ。

種液を指に絡めて引きずり出しながら、月長がぽつりと言った。

「僕は、身も心も虎目に捧げたんだよ」

晶は息を呑んで、月長の伏せられた切れ長な目元を見詰めた。

「初めて虎目と接吻をしたのは、僕が十一歳、虎目が十二歳のときだった。諜報活動のための男色の鍛錬がつらくてね。虎目の唾液をもらうと感覚が麻痺して楽になるから、助けてもらっていたんだ。……でも、そうしているうちに虎目に夢中になってしまった。もともと、一番の友達で、虎目が好きだったからね」

「……そう、だったんですか」

「うちのくノ一たちも、諜報活動がつらいときは、虎目の体液をもらってる。いくら忍といっても、感情もあれば生理的嫌悪もあるからね」

そういえば、前にツツジが虎目への好意について、意味深なことを言っていた。

『んー。あたしは今のところ、下の造花屋しかやってないから憧れてるだけ。うえの造花屋で仕事するようになったら、また違ってくるかな』

うえの……夜の造花屋で身をひさぎながら諜報活動をする者たちが虎目に特別な思いをいだくのは、そういうことが関係していたのか。

「虎目とは十三歳のときに性交をした。もう十二年も前になるか」

その言葉に、晶は心臓を握り潰されるような苦しさを覚えて息を乱した。

——そんなに前から……。

ほんの四ヶ月ほど前に現れた自分などが、月長に太刀打ちできるわけがない。蕭然（しょうぜん）としながら月長の指に体内を掻きまわされる。いまだ虎目の種が体内にあって刺激を与えられているのに、下腹部の茎は力なく項垂れていた。

そんな晶に、月長が顔を寄せて耳打ちした。

「虎目は煙や布を操る術をもっているけれど、あれはもともと僕のものなんだよ」

話の脈絡が摑めずに目をしばたたくと、内壁を爪で引っ掻かれた。

「…っ」

「虎目が君を落としたいのは、君の甦りの術を我が物にして使いたいからだ」

「俺の術を——虎目が、使う？」

呑みこめずにいる晶に、月長が冷笑を浮かべる。

「忍の術には一部の者がもつ、先天性のものと、後天性のものがある。たとえば君でいえば、後天性のものは手刀で、先天性のものは甦りの術だ。僕の煙や布を自在に操る術は先天性のもの」

鍛錬で習得できるものは後天性であり、天賦のものは先天性であるということだろうか。

晶が頷くのを確かめて、月長が続ける。

「そして虎目の先天性の術は、ほかの忍の心と身体の仕切りを取り払って性交することで、相手の能力をみずからに転写するものなんだ」

いつしか体内に含まされている月長の指は三本になり、それぞれがうねるように動いていた。晶は身震いする。

ともすれば停止しそうになる思考を、懸命に回す。

虎目は、それも誰かから転写したのかもしれないが、眸で人を従わせる能力を有している。けれども、その力でもって晶に甦りの術を使わせるのでは、目的を達成できないと言っていた。晶の心と身体の仕切りを取り払って「落とし」、甦りの術をみずからに転写する必要があるということなのか。

「……いったい、虎目は、なんのために甦りの術を」

呟くと、月長が怖いぐらい綺麗な笑みを浮かべた。

「虎目は、想い人を甦らせたいんだよ」

「想い人って、月長さんじゃ…」

「違うよ。僕は虎目にとって幼馴染にしかすぎない」

そういえば以前、誰を甦らせたいのかを訊いて、虎目を激昂させたことがあった。

――……知りたくない。

以前とは違い、いまは知るのが怖い。

それでも訊かずにはいられなかった。

「誰、なんですか？　虎目の、想い人って」

「カフェーで、綾坂侯爵に会っただろう。彼の弟だよ」

「え…」

「綾坂春沖（はるおき）。三年前に死んでしまったけどね」

乱暴に三本の指を引き抜かれて、晶は身体を跳ねさせた。

濃厚な種液を指でニチャニチャと遊びながら月長が淡々と言う。

「祝言の晩に、虎目が君に屏風に絵を描かせただろう。君が生きている状態のものを見たことがない虎の絵だ。あれは確認だったんだよ。君がその個体が生きている姿を見たことがなくても、写真だけで甦らせることができるかどうかの」

ようやく、晶にも理解できてくる。

「……虎目は、亡くなった想い人を甦らせたくて、でも俺ではその人を甦らせられないから、甦りの術を自分で使って甦らせようとしてる。――そういうことですか?」

月長がスッと立ち上がる。

「そして虎目はまだ甦りの術を会得していないようだね。虎目は君から術を転写する目的を果たしたら、君を誰にでも投げ与えるよ。……いや、うちの内情をずいぶんと摑ませてしまったから口封じをするかな。ここの者たちが君によくしているのも、あくまで虎目の目的を果たさせるため協力しているに過ぎない」

身体にまったく力がはいらなくなって、晶は乱れた姿で床に這いつくばった。月長が倉庫を出て行っても、ずっとそのまま動けなかった。

どういう感情から出ているかも定かでない涙が、床に滴り落ちる。


気分が優れないからと、晶は倉庫での仕事をほかの者に任せて、部屋に戻った。

長いこと、部屋の片隅でかかえた膝に顔を埋めて気持ちの整理をしようと試みたが、頭がズキズキと痛み、ついには呼吸まで苦しくなってきた。

――なにもかも、想い人のためだったんだ。

祝言を挙げたことも、店の手伝いを許してくれたことも、身体を求めてきたことも、すべて計算ずくのことだった。

「どんな人、なんだろう…」

ぽつりと呟く。そこまで虎目の心を雁字搦めにしている、綾坂春沖とは、どのような人であったのか。

晶は四つん這いでのろのろと簞笥へと向かった。引き出しを下から順に開けていき、なかを漁る。浅ましいことをしていると思いながらも、探らないではいられなかった。

――虎目は写真のなかの虎を甦らせることができるか、俺を試した。きっと想い人の写真をもっているんだ。

しかし簞笥を隅から隅まで探しても、それらしき写真は出てこなかった。

押し入れのなかも漁り、写真がはいっていそうな箱はすべて開けてみた。しかし忍特有の道具や武器が出てくるばかりだった。寝所の簞笥や押し入れからも、探し物は出てこない。

部屋の障子窓が橙色に染まりだす。

疲れ果てて畳に力なく腰を落とし、ぼんやりと視線を彷徨わせていた晶は、書棚へと目を止めた。虎目は意外と読書家で、晶にはまったく読むことができない外国の書物も所有している。前に蔵書について尋ねたとき、虎目は「政治絡みの本だ」と面倒くさそうに答えた。

——俺にはわからない世界だ……。

思えば自分は、虎目がどのような政治的思想をもっているかも、よくわかっていないのだ。

晶は本棚の前に行くと、虎目が手にすることが多い、深緑色の革表紙の本を手に取った。

『La démocratie』

——これを読めれば、少しはわかるようになるのかな…。

そう思いながらページを開く。ぎっしりと異国の文字が並んでいて、いろんな箇所に線が引かれており、余白に書きこみがしてある。

まったく内容がわからないながらもページをめくっていくうちに、自分などでは虎目にふさわしくないのだという気持ちが湧き上がってきた。そしてきっと、綾坂侯爵の亡き弟は、虎目にふさわしい人だったのだ。

失意のうちに本を閉じようとしたとき、本のあいだからひらりと落ちたものがあった。

晶はそれを手に取った。

すでに障子に滲む光には紺色が混ざりはじめていた。そのかすかな光を頼りに、一葉の写真を見る。

凛(りん)とした煌めきを放つ若者が、美しい立ち姿、軍服姿でこちらに微笑みかけていた。

八

月長から教えられたことは、おそらくすべて真実であるのだろう。

甲賀が伊賀の抜け忍を匿っているだけで争いの火種になるのに、虎目がわざわざ祝言を挙げたことも、くノ一たちが優しく接してくれていることも、それで一本の筋が通る。なにもかも晶を完全に籠絡して、甦りの術を奪うためだったのだ。

しかし、なぜ月長はあのような暴露をしたのか?

その答えはすぐに推察できた。

——月長さんの想い人が、虎目だからだ。

恋敵である綾坂春沖を甦らせたくないから、虎目が甦りの術を会得することを妨げたいのだろう。

……そしてその気持ちが、晶にもわかるようになってしまっていた。

春沖が甦った暁には、伊賀の抜け忍を囲っておくなど、不要どころか害悪にしかならない。

——そうしたらもう虎目は俺に触れてくれない。話しかけてもくれない。見てもくれなくなるんだ。

想像するだけで、床が抜けて奈落に落ちていくような心地になる。

亡きあともここまで虎目から想われている春沖のことを、考えたくないのに考えずにはいられない。まるで花菖蒲のような凜とした美しさのある姿が、瞼に焼きついてしまっていた。

生まれて初めていだいた、得体の知れない暴れ馬のような感情に急き立てられて、晶は時間を見つけては、春沖に繋がりそうなことを調べていった。

春沖の断片は、虎目の蔵書の端々に散りばめられていた。余白部分の書きこみに頻繁に現れる〝H〟は春沖のことに違いなかった。

〝Hからの指摘で、ここを再考〟

〝T6秋の同人誌のHの論文に詳細〟

〝この部分をHと朝まで論争〟

それらを端緒にして、書棚に並べられていたデモクラシー政体の同人誌まで晶はひもといた。本名を伏せた「春目（はるめ）」という筆名で寄稿された論文が彼のものであるのは、その部分への虎目の熱心な書きこみから明らかだった。

綾坂春沖という人は、侯爵の家柄でありながらデモクラシーへの深い関心と知識をもち、民衆に心を寄せる闘士だった。

虎目にとって春沖は、ただ恋情を向けていただけの相手ではなかったのだ。

米騒動を煽動し、平民宰相誕生に関わったことを語ったとき、虎目は言っていた。

『雇い主と一緒に計画を練っていくうちに、俺たち自身が、そのことに意義を感じるようになったんだ』

あの雇い主とはおそらく、春沖のことだったのだ。

そして甲賀の里の者を率いる重責を担った虎目は、春沖との関わりのなかで、大衆の力になるという新たな視点と、甲賀者の今後の在り方を見つけた。

あの深緑色の革表紙の『La démocratie』の最後のページの余白には、〝どうか、俺の命を、代わりに〟と震える筆跡で書きこまれていた。

春沖が急逝したとき、虎目はみずからの命を捧げてでも彼に生きていてほしいと願ったのだ。

——それで、甦りの術を使える俺のことを捜した。

晶は座卓に本を広げ、そこに挟まれている春沖の写真を見詰めた。どうしても眠れなくて、虎目が眠る寝所から抜け出したのだ。

「俺は……この人には、なれない」

このひと月あまり、春沖のことを知ろうとしてきた。けれども知れば知るほど、自分とはなにもかもかけ離れた人であるのがわかるばかりだった。

行燈の光が滲んで、自分が泣きそうになっていることを知る。

震える溜め息をついて深緑色の洋書をそっと閉じたときだった。

行燈の光が大きく揺らいで目を上げると、座卓の向こう側に虎目が立っていた。

「こそこそと抜け出して、なにをしてる」

虎目の眸は昏く据わっている。

「……少しだけ、本を、読みたくて」

「誰がそれを許した？」

「つ、務めは、果たしてます。造花屋の務めも——め、夫婦の、務めも」

この遣る瀬ない感情を、どうすれば虎目に伝えられるのか。

——虎目は俺のことを、ただただ利用しようとしてるだけなんだ。それなのに、俺は
……俺は……。

いまになって、ようやく晶は気づき、愕然とする。

——俺は……、虎目を、好いている。

だから、春沖に嫉妬しているのだ。

「夫婦の務めか」

虎目が鼻で嗤（わら）うと、座卓の向こうから長い腕を伸ばしてきた。晶の二の腕をむんずと摑み、立ち上がらせようとする。

「もの足りなくて眠れなかったわけだ」

「違う！　……違いますっ。俺はただ」

机の縁を両手で摑んで、立ち上がらされまいとしながら訴える。

「俺はただ、知りたかっただけなんです！」

すると虎目が洋書へと視線を向け、吐き捨てるように言った。

「お前ごときがこんな知識を頭に入れて、なんになる？」

「──」

虎目の言葉は、鑢（やすり）のように晶の心を容赦なく削った。

「よけいなことは考えるな。お前は俺に従ってればいいんだ」

視界がぐにゃりと歪んで、涙が溢れる。

自分は春沖にはなれない。春沖のように、虎目と深く結びつくことはできない。虎目が必要なのは春沖で、自分ではない。

甦りの術を差し出すこと以外、自分はなにひとつ求められていないのだ。

力がはいらなくなった身体を虎目に易々とかかえ上げられ、寝所へと連れ去られる。

好いている男に抱かれながら、心がズタズタになっていくのを晶は感じていた……。


かすかな物音が聞こえて、晶は重い瞼を上げる。

寝所の障子に映る光は、夕刻の色を帯びていた。褥にぐったりと横倒しになったまま視線だけ動かすと、小さな白い鼠が、咥えた躑躅の花を引きずりながら畳をちょこまかと走ってきた。

「コユキ…」

ツツジの忍鼠だ。

ツツジはこの三日、四階から降りられずにいる晶に、コユキを使って日に何度も造花を届けてくれていた。花弁には「具合が悪いの？」などと心配する言葉が小さく書き添えられている。

晶は白鼠に背を向けるかたちで寝返りを打つ。しばらくすると、コユキは立ち去り、造花だけが残されていた。

その花に手を伸ばしかけると、月長の言葉が頭をよぎった。

『ここの者たちが君によくしているのも、あくまで虎目の目的を果たさせるため協力しているに過ぎない』

──ツツジも、そうだった？

心がいまにも凍りつきそうだ。いや、心だけではない。悪寒がこみ上げてきて、晶は乱れきった襦袢がかろうじて巻きついている身体をみずから抱き締め、身を丸める。

書棚の本を読んだことが逆鱗に触れたらしく、虎目はその日から立ち上がるのもつらくなるほど激しく晶を犯すようになった。夜だけでなく、昼でも時間が空けばここに来て犯すのだ。

虎目の種液のせいで強制的に劣情に火をつけられるものの、それはもう限りなく苦痛に近い行為だった。

そうすることで、晶から「よけいなこと」を考える余力を奪おうとしているらしい。現に隣の部屋の書棚からはすべての本が撤去されていた。

晶のような者に春沖との思い出を穢(けが)されるのが、虎目は耐えられないのだろう。

――だから俺を罰してるんだ。

これまでの虎目の言動から考えて、このような強引な方法で身体を繋げつづけても、晶の甦りの術を転写することはできないはずだ。それなのに歯止めが利かない苛み方をするのは、それだけ怒りが大きいということだ。

「消えて、なくなりたい……」

知らなければよかったと思う。

他人によくしてもらうことも、誰かの役に立てることの嬉しさも、……人を好きになることも、知らずに山のなかで朽ちていけば、こんなつらい思いをしなくて済んだのだ。

祖父が禁忌を冒して抜け忍になってまで守ってくれた命だけれども、それをかかえているることが、いまはこんなにもつらい。

身を震わせて嗚咽を噛み殺していた晶の耳に、廊下のほうから騒々しい足音と声とが届いた。

「ほら、そこの見張りの人たち、こっちは手が塞がってるんだから襖を開けてってば」

「あたしたちは虎目さまに言われて新しい寝具を運んでんだよ」

ツツジとアカネの声だ。

晶がだるい身体をなんとか起こしたのと同時に、ふたりが運んできた長持ちを寝所の畳に置いた。ツツジが駆け寄ってきて、膝をつく。

「酷い顔色じゃない」

乱れた襦袢の衿を掻き合わせる晶の姿に、アカネが溜め息をつく。

「虎目さまも限度ってものを知らないねぇ」

晶は硬い表情でふたりを見る。

「なにか、用ですか?」

「用って、晶が全然、下に来ないから。虎目さまに訊いてもなにも教えてくれないし」

この気遣いすら演技なのかと思うと、こうして上体を起こしているのすらつらくなる。

「……俺は、平気ですから」

「平気じゃないでしょっ」

苦しさが爆発して、晶はツツジを睨みつけた。

彼女たちは甲賀のくノ一で、頭領である虎目のために動くのは当たり前だ。それを詰る自分のほうが間違っている。それでも気持ちも言葉も抑えられなかった。

「虎目のためでも、心配する演技なんて、もうしないでくれ!」

ツツジが目を見開いたかと思うと、泣きそうに眉を歪めて、晶の襦袢の胸倉を掴んだ。

「あんたっ、あたしたちのことをそんなふうに」

「俺はもう誰にも騙されな——」

突如、ガタガタと長持ちがひとりでに動きだした……かと思うと、蓋が下から弾かれて飛んだ。赤い毛玉が飛び出す。

次の瞬間には、それは晶の胸元に飛びこんでいた。

晶の胸に短い前脚をついて、頬をべろんべろんと舐めてくる。

「シ……シンシャ」

震える両手でその小さな体躯を包んだ晶は、眉根をきつく寄せた。むくむくとした赤毛の下に、痛々しい骨の感触があったのだ。

アカネが教えてくれる。

「どうしてもご飯を食べてくれなくってさ。それでツツジが、晶のとこに連れて行こうって」

「ツツジ…」

ツツジが頬と鼻の頭を赤くして、視線を逸らしたまま言う。

「晶があたしのことをどー思ってようが、あたしは晶のこともシンシャちゃんのことも勝手に心配するんだからね」

演技でもなければ上っ面でもないように感じられる。

――俺は、よく知りもしない月長さんの言うことを鵜呑みにしたけど……。

晶は改めてツツジをじっと見詰めた。

ただ表面を見るだけではない。その魂のかたちを描き取るときのまなざしを向ける。

そうすると、それまでぼんやりしていた光の輪郭がはっきりと浮かび上がってくる。

「ツツジは――すごく綺麗だ」

「な、な、なんなのよ、急にっ」

唐突な晶の言葉に真っ赤になりながらツツジが視線をこちらに向ける。

晶は微笑して、もう一度、きちんと伝えた。

「本当に綺麗だよ。俺が間違ってたんだ」

ツツジはきちんと気持ちを動かして、接してくれてきた。それが「見えた」のだ。細かい考えが読めるわけではないが、どういう魂のかたちをしているのかはわかる。

「……アカネ姐さん、どうしよう。晶がおかしくなっちゃった」

うろたえるツツジに、アカネがのんびりとした口調で言う。

「晶はものを見る目のある、いい男だねぇ」

「なんで降りてきてるんだ」

虎目は出先から戻ってくるなり、叱責に声を荒らげた。

店舗奥の座敷で注文票の確認をしていた晶は、静かに目を上げた。すぐ隣に控えていたシンシャが、立ち上がってウーッと唸る。そのシンシャの頭にそっと触れて「大丈夫だよ」と宥める。

「そのチビ犬も、なんでここにいる？　自由にしていいのは工房内だけのはずだぞ」

晶はじっと虎目を見詰める。

傲岸不遜な振る舞いをする男の魂のかたちを透かし見る。

長いこと祖父以外の人とまともに接してこなかったから、ほかの生物よりも複雑な魂のかたちをもつ人間を観察する機会はほとんどなかった。だからどうしても人の表層的な言動に振りまわされてしまっていた。

けれども、こんなふうに心を澄まして対峙すれば、見えてくる。

——……美しいんだ、虎目は。

彼は人の視線を惹きつける魅力ある外見をしているが、それ以上に、その魂のかたちは美しかった。甲賀の民という大きなものを背負いながら、新しい時代を泳ぎ抜こうとする生き物としての強烈な煌めきがある。

その煌めきが自分に向けられるものでないことに、激しい胸の痛みを覚えるけれども……。

「聞いてるのか、晶」

強制的に四階に連れ戻そうと手を伸ばしてくる虎目に、晶は告白した。

「あなたが好きです」

虎目がしばしのあいだ身動きを止め、目を眇めた。

「どういうつもりで言ってる?」

「言葉のとおりです。だから、あなたときちんと話がしたいんです」

晶と小机を挟むかたち、虎目が畳に両膝をついて座る。

「いいだろう。聞いてやる」

晶は正座した腿のうえに拳にした手を置いた。

恋愛の駆け引きや計算など、自分にはできない。だからこうして本心で虎目に向き合うことしかできない。

たとえそれが身の破滅に繋がったとしても、こうするよりないのだ。

……そう心を決めたのに、虎目に好意を告げたとたん身体中を血がドクドクと回って、それでいて頭には血が足りなくなっているようで、軽く眩暈がしていた。自分の顔が赤くなっているのか蒼褪めているのかもわからない。

脣を幾度も湿してから、晶はなんとか虎目へと目の焦点を合わせる。

「あなたの想い人は、綾坂春沖という方ですよね」

「……誰がそれをお前に」

晶は首を横に振って、それは重要なことではないと伝え、続ける。

「春沖さんのために、俺の甦りの術が必要で、しかもその術は生前の春沖さんを知っているあなたが使わなければ効力がない。そしてあなたが甦りの術を会得するには、俺があなたに身も心も落ちた状態になる必要がある」

虎目は瞬きひとつせず、否定も肯定もしない。しかしその眼光は、隠しきれない苦悶に澱んでいた。

そんな虎目の様子に、晶の胸は抉られる。

虎目の気持ちが春沖にあるということを確認してしまったつらさであり、同時に、自分の好いている相手が苦しんでいる姿を目にするつらさでもあった。

晶は俯いて、握っている手の、掌に爪を深く突き立てる。

「——俺は、あなたを好きになってしまった。だからもう、すぐにでも甦りの術を手に入れられることでしょう」

そうなれば虎目の横には春沖が座る。自分はもう、虎目の横にはいられない。

涙を見せないようにさらに深く俯いて、晶は告げる。

「でもそれまでは、妻としての務めを、果たさせてください」

昼の造花屋の務めも、夜の造花屋の務めも——夫婦の務めも。

「お前は——」

濁った声音で虎目に問われる。

「お前は本当にそれでいいのか？」

苛立ちがビリビリと伝わってきて、晶はもう目を開けていられなくなる。

「……俺の気持ちは定まってしまったから、俺にはもうなにも選びようがないんです」

虎目は長いこと沈黙していたが、ふいに立ち上がり、去り際にぼそりと言った。

「好きなようにしろ。俺も俺の好きなようにする」

九

このところ虎目は、造花屋に帰宅しないこともままある。

どうやら華族側についている伊賀と、民衆側についている甲賀とのあいだの対立が激化しているらしい。

ある晩、虎目は傷を負って帰宅した。左腕を鎌のようなものでざっくりと斬られたらしい。しかも鎌には複数の猛毒が塗られていたのだ。

「きっちり処置はしたし、虎目さまは解毒の術を会得してるから、薬湯を飲んで二日三日もすりゃ起き上がれるようになるだろうさ」

くノ一の総取締役であり虎目の幼馴染でもあるザクロは、虎目の腕の傷を縫い合わせてからそう言ったが、その表情には険しいものがあった。

高熱に魘(うな)される虎目の肌は青黒く変色し、幾度も目や鼻から血を流しては吐血した。看病しながら、晶は虎目が死んでしまうのではないかという恐怖に襲われつづけた。

寝ずに迎えた三日目の明け方、虎目はこれまでにないほどの量のどす黒い血を吐いて、ザクロが応急処置に当たった。その傍らで晶は涙をこらえられなかった。

——喪いたくない……絶対に喪いたくない。もし虎目が死んでしまったら……。

自然と、その想いは胸の底から湧き上がってきた。

──甦りの術で、生き返らせる。

『人ひとり甦らせるのには、人ひとりぶんの魂の質量に限りなく近いものが必要になる』

『おのれの命と引き換えにする覚悟が必要ということじゃ』

祖父はそのように言っていた。けれども自分の命が危うくなろうとも、虎目が生きられるのならば、それでかまわない。

虎目に生きてほしいというのはなによりも自分自身の願いであり、またこれからの日本という国のために虎目を生かさなければならないという想いからでもあった。

──虎目は、貧しい民を救える人なんだ。

母親の命を救おうと薬草である赤矢地黄を求めていた少女のことが頭に浮かぶ。あのような母と子が生きられる世の中を、虎目は目指しているのだ。それは簡単に叶(かな)うことではないのだろう。それでも虎目は志をもち、またそんな世界への大きな礎を作れるだけの力のある者たちを率いている。

……虎目に恋情を打ち明けてから、晶は次に抱かれるときには虎目に甦りの術が転写されるものと覚悟していた。

虎目がその異能を春沖を甦らせることにしか使わないことを、決して悪用することがないことを、信じられる。

ただ、人を甦らせれば虎目の命が危うくなるため、できれば使ってほしくないというのが本心だった。

しかしこの半月、虎目は甦りの術についての話を避けている節もあって思いを伝えることができず、また告白をしてからこちら、指一本触れていなかった。

これほどの深手を負うような情勢なのだから、そんな余裕がなかっただけなのかもしれないが、虎目からまったく求められないのは、身も心もひどくつらかった。

そしていま、虎目は死の縁にいる。

正座したまま身を丸めて畳に額を押しつけて嗚咽に噎んでいた晶は、ふいに頭に大きな手を感じて、顔を上げた。

虎目が腫れた目の隙間からこちらを見ていた。

虎目がうまく動かない手で頭を撫でてくれる。

「と、虎目…」

「――ひでぇ顔だな」

苦しげな息とともに押し出された言葉はいつもの虎目のもので、そのせいでよけいに涙と鼻水が溢れてしまう。

ザクロがたすきを外しながら言う。

「さっきの嘔吐(おうと)で毒素はほぼ排出されたから、午後には起き上がれるようになるよ」

「ほ、ほんろう、れすか？」

回らない呂律で訊くと、ザクロが吹き出して、晶の背中を叩いた。

「だから、二日三日もすりゃ起き上がれるようになるって言っただろう。しっかりしておくれよ、女将さん」

そう言うザクロの声は安堵のせいで少し裏返っていた。

本当にもう虎目は大丈夫なのだという実感がじわじわとこみ上げてきて——晶はそのまま畳に突っ伏して意識を失った。


目を開けたとき、枕元の行燈に火がともされていた。その灯りに、宙を漂う紫煙がほのかに照らし出されている。煙を辿ると、脇息に凭れかかって煙管を吹かす虎目がいた。闘病でいくらか頬がこけているものの、その眸には金褐色の強い光がある。

——生きてる……虎目が、生きてる。

歓喜に、晶は身を震わせる。

煙管を台に置くと、虎目が布団の近くに座りなおして胡坐をかいた。

「心配をかけて悪かったな」

「……本当ですよ」

涙ぐんでいるのを隠したくて、晶は上体を起こして俯いた。そして、尋ねる。

「伊賀者と戦ったんですか?」

「お前は知らなくていいことだ」

「……俺だって、元は伊賀の者なんですよ」

「だから、なんだ? 元がどうだろうと、いまは俺の嫁だ」

俺の嫁、と衒いもなく言われて、晶は胸が疼くのを感じる。嬉しさと――それがあくまで仮初のものにすぎないという寂しさからくる疼きだ。その両方を受け止めて、晶は掛布団から脚を抜くと、虎目のほうを向くかたちで正座をした。

「いまのうちに伝えておかないとならないことがあります」

「なんだ、改まって」

虎目が訝しげに言いながら、褥に片手をついて下から顔を覗きこんでくる。泣きかけの目を間近で見られてしまう。

「晶…」

頬に触れてこようとする虎目へと、晶は抑揚のない声で淡々と告げた。

「甦りの術のことです。……次に夫婦の務めをすれば、術はきっとあなたのものになります。術のもちい方は簡単です。磨った墨に純度の高い水晶の粉を混ぜて、それで甦らせたいものを描くのです。もののかたちだけでなく、魂のかたちまで紙に写す。等身大である必要はありませんし、おそらく絵心も必要ないでしょう。四歳児の落書きですら、甦りの術はおこなえたのですから。そのようにすれば、おのずと紙のなかから甦らせたいものが立ち現れます」

虎目の手は晶に触れずに下ろされ、拳を握った。

「でも俺は――その術を、あなたに使ってほしくありません」

金褐色の眸に、改めて目を覗きこまれる。

「それはどうしてだ？」

「……それは……」

せめて醜い心は隠しておきたくて、視線を逸らす。

「甦りの術は自分の魂を削るものなんです。だから、人ひとりを甦らせれば、自分の命が尽きてしまうこともあるのです」

しかし虎目は、春沖が亡くなったとき〝どうか、俺の命を、代わりに〟とまで書き残したのだ。彼にとってそれは術を使わない理由にはならないのだろう。

――嫌だ……嫌だ……っ。

虎目が春沖を甦らせて落命せずにいられたとして、春沖と満たされた日々を送ることも、……そんなふたりを妬む自分も、なにもかも嫌だった。

「本当に、俺に術を使わせたくない理由はそれだけなのか？」

問われて、晶は擦れ声で返す。

「それだけです」

「――お前は俺のことを好いてるんじゃなかったのか?」

「す、好いています」

「それなら、俺に本心をぶちまけてみろ。人のことはどうでもいい。お前自身はなにを望んでるんだ?」

「――」

なんと心ないことを言うのかと、晶は涙目で虎目を睨む。

虎目にとって春沖は絶対的に必要な存在なのだ。みっともなく縋って自分を選んでくれと訴えたところで、よけいに惨めになるだけだ。

唇を嚙み締めて身を震わせている晶に、虎目が苦い溜め息をつく。

「まあしばらくはそれどころじゃねぇから、術の転写は先だな」

性交をする気もないと言外に告げて、虎目は寝所を立ち去った。

十

シンシャが広い工房を、飛び跳ねながら走りまわっている。迷いこんだ蝶々を追いかけているのだ。黒地の翅に青い帯が縦にはいった、秋の蝶だ。

シンシャは小柄なわりに、犬とは思えないほど高く飛び上がるので、その黒い鼻先が蝶々にくっつきそうになる。

「シンシャ、いけないよ」

晶が言うと、シンシャは飛ぶのをやめたものの、うずうずして短い脚で足踏みし、尻尾をピコピコと振る。

「なーに？　本物のお花畑と間違えちゃったの？」

ツツジは蝶にそう訊くと、工房を出て行き、鉢植えの秋桜を手に小走りで戻ってきた。

「せっかく寄ってくれたんだから、おもてなしぐらいしなきゃね」

高い棚のうえに鉢植えを置くと、ほどなくして蝶は薄紅色の花弁に止まり、蜜を吸いはじめた。そのさまを見上げていたツツジが、晶を見て、目をしばたたいた。

「あれ？　ちょっと背ぇ伸びた？」

言われてみれば、前はほとんど同じぐらいの身長だったツツジを見下ろしていた。

「そうみたいだ」

自分でもびっくりしながら、虎目が言っていたように成長が遅いだけだったのかと思う。

ツツジが晶の周りを一周して、まじまじと眺める。

「それに、なんか少し格好よくなってきたみたい」

「え、本当に？」

格好いいという響きの新鮮さを噛み締めていると、ツツジに頬を抓られた。

「晶のくせに生意気よ」

照れ笑いを返して、晶は視線を上げた。蝶が開けられた窓から秋空へと翅をひらめかせる。

それが、自分が初めて甦らせた蝶に重なって見えた。

ツツジが小声で訊いてくる。

「……晶も、まだ自由になりたい？　もしそうなら」

考えることもなく、晶は首を横に振った。

「いまはもう、ここを離れたいとは思っていないよ」

胸に痛みを覚えながら打ち明ける。

「虎目と、一緒にいられるところまで、一緒にいたいんだ」

春沖が戻ってくるその日までは、一緒にいさせてもらえるだろうか。

「そう…なんだ」

噛み締めるように呟いてから、ツツジがふいに晶の手首を摑んできた。そして無言のまま工房を出る。シンシャもふたりのあとをついてくる。

資料室と呼ばれている部屋にはいると、ツツジは棚から新聞紙を抜き出して晶に手渡した。

「こないだの、この事件なんだけど」

九月の終わりに、財閥創業者が右翼活動家に暗殺された記事をツツジが指差す。新聞には目を通すようにしているため、晶もその記事は細部まで覚えていた。

一代で財閥を築いたこの創業者は「守銭奴」とも「銀行救済の神」とも称されていた。暗殺者のほうは、邪悪な富裕層が愛国心を滅ぼして悪しき思想を世に広めるため凶行に及んだという声明文を残して自害した。

「甲賀者がこの暗殺を画策したって噂がたっているの」

「え…、でも虎目はそんな指図はしないはずだけど」

その財閥創業者について、虎目は本の余白の書きこみで触れていたのだ。

「虎目はこの人を、必要なものを見極めて投資する能力と姿勢がある人だって評価してた」

ツツジが驚いたように瞬きをしてから、顔を明るくした。

「ちょっと感動しちゃった。わかってるなんて、さすがは虎目さまの伴侶だね」

それから、勢いこんで続ける。

「虎目さまは確かに平民の側に立って動いてきたけど、財閥でも華族でも、評価すべき人のことはちゃんと評価して、力を合わせないと社会を変えていけないって考えてる。そういうことも、ちゃんとあたしたちにわかるように話してくれてきたの。……だから、あたしたちは、誇りをもって自分たちの仕事をしてるの」

虎目は、甲賀者がただ都合よく権力者に使われるのではなく、新たな世での意義ある存在になれるようにと模索し、奮闘してきた。そしてその志は、仲間のひとりひとりにも沁み渡っているのだ。

そのことに、心を揺さぶられ、気持ちが昂ぶる。

──俺はやっぱり……虎目のことが、好きだ。

ただの恋情としてだけではない、尊敬をも孕(はら)んだ深い好意だ。

──そうか……。

ようやく、少し理解することができていた。

──虎目は、こんなふうに綾坂春沖のことを想っていたんだ。

嚙み締めてから、晶は改めて記事に目を走らせ、ツツジに尋ねた。

「このあいだの虎目の負傷と、甲賀がこの暗殺を画策したって噂があることは関係している?」

「関係があるっていうか、まさにそのせいなのよ。その……どうやら噂の出どころは伊賀者らしくてね。それを鵜呑みにした綾坂侯爵が、虎目さまの暗殺を伊賀に命じたらしいの」

「綾坂侯爵が……」

カフェーの前で顔を合わせたが、いかにも上流階級の紳士然とした男だった。

「侯爵は前から虎目さまのことを憎んでたから、いい機会だって思ってるのかも」

「……それは、春沖さん関係のことで？」

ツツジが少し躊躇ってから言う。

「うん、そう。侯爵は弟さんを溺愛してたから、よけいに虎目さまのことを許せなかったんだと思う。あんな最期になってしまって……」

そういえば、春沖はどのようにして亡くなったのだろう。それを訊こうとしたが、ツツジは鳴り響く四時を告げる柱時計の音に飛び上がった。

「いけない！　今日はまかない当番なんだった。続きはまたあとでね」

ツツジが大慌てで部屋を飛び出していく。

晶はシンシャに大人しくしているように言い聞かせると、くだんの暗殺関連の記事が載っている新聞を数日分探し出して、それに改めて目を通した。虎目がどんなことに巻きこまれているかを、きちんと知っておきたかったのだ。

読み耽ってっていると、部屋の引き戸が開いて人がはいってきた。

晶は顔を上げて相手を確かめると、わずかに警戒を滲ませる。すると相手は綺麗な顔で微笑んで、口に含んでいた桜色の煙をふーっと吐いた。

「目を覚まして」

耳元で囁かれて、ハッとして目を開ける。

月長が吐いた煙を吸ってしまい、気を失ったのだ。

見覚えのない薄暗い洋室で、晶は椅子に座らされていた。

猿轡を嚙まされていて、身体も動かせない。手足を縛られているわけでもないのに動けないのだ。どうやら晶自身の着物が身体を締めつける拘束具と化しているらしい。

おそらく月長が、布を操る異能をもちいたのだ。

「君に会いたがってる人がいるから、連れ出したんだよ」

微笑しながらこちらを見下ろす月長を、晶はじっと見詰めた。

彼がどのような魂の持ち主であるのか見極めようと目を凝らす。

しかし煙を吸った後遺症なのだろうか。虎目やツツジを見たときのような鮮明な像を結ぶことができなかった。二重にブレているような、不明確な像しか見えない。

「僕としても、こんな手荒な真似をするつもりはなかったのだけどね」

月長が晶の頭を撫でながら言う。

「見た目によらず扱いにくい子だから、こうするよりなかったんだよ」

月長が自分に悪感情をいだいているのは承知していたが、このようなかたちで拉致したのはよほどの意図があってのことに違いなかった。

――ここまでして、綾坂春沖を甦らせたくないってことか……。

虎目が晶から甦りの術を転写するのは、時間の問題だった。だから月長はその前に晶を連れ去ったのだ。

自分は虎目と春沖の関係がどのようなものであったかを、想像することしかできない。しかし月長はその目で、ふたりを見ていたのだ。それは身も心も裂かれるような痛みであったのだろう。ふたたびその痛みを味わいたくない気持ちを、晶は理解できた。

――……俺を殺すつもりなのかな。

そう考えたとたん、居ても立ってもいられない焦燥感に駆られた。

それは、もう二度と虎目に逢えないことを意味するのだ。

「うんん、ん」

不自由な身でもがくと、月長が溜め息をつきながらハンケチを取り出して、それにふうっと息を吹きかけた。すると正方形の布が綺麗に拡がり、晶の顔面にぴたりと張りついた。

呼吸ができなくなって、暴れる力も失せたころ、顔のハンケチが床へと落ちた。

激しく噎せていると、少し離れたところから忍び笑いが聞こえてきた。

目を上げると、ステンドグラスを嵌められたアーチ窓を背にして、シルクハットを被った背の高い紳士が立っていた。その堂々とした佇（たたず）まいや、口髭を品よく蓄えた顔には見覚えがあった。

——綾坂、堯雅だ。

月長が彼の隣に立ち、腰を抱かれるままに身を委ねる。性的に馴染んだ者たち特有の空気が濃厚に漂う。

事情が摑めずに、晶は瞬きを繰り返す。

——月長さんの想い人は虎目なのに、どうして綾坂侯爵と……？

月長は少年のころから諜報活動のために、同性と性的なことをしていたと前に語っていた。そしてその嫌悪感をやわらげるために虎目と接吻をして体液をもらっていたと。

カフェーで綾坂侯爵が訪れる前に虎目と接吻していたのは、もしかすると諜報活動として侯爵と性的なことをするための下準備のようなものだったのではないだろうか。

そのようにして以前から内偵として綾坂侯爵の懐にはいりこんでいたのならば、いまの状況にも合点がいくが……。

綾坂侯爵が、訝しむまなざしを晶に向ける。

「こんな少年が、本当に人を甦らせられるのかね?」

「はい。生きている状態を知ってさえいれば、甦らせることができます」

その月長の言葉に、侯爵がひどく悲しげな顔つきになる。

「生きている状態を知っていれば、か。それでは春沖のことは……」

言葉の続きを封じるように、月長が侯爵の唇に唇を重ねた。長い接吻のあと、朦朧(もうろう)となった侯爵に甘く囁く。

「蔵のほうの準備が整ったころです。使わせていただきますね」

「ああ、好きに使うといい。用が済んだら、私の寝所に寄るように」

月長が微笑して頷きながら、侯爵の首元から幅広のネクタイをしなやかな手つきで抜き、それに息を吹きかけた。ネクタイは蛇のように身をくねらせて宙を飛び、晶の首に巻きついて絞め上げた——。


ふたたび目を覚ましたとき、自分が覚めない悪夢のなかにいるかのように思われた。

朦朧としながら横臥(おうが)したまま視線を巡らせる。高所にある明かり取りの小窓から蒼い月光が射しこんでいる。それに鎧(よろい)を着た武者人形が照らし出されて、晶は「ヒッ」と声をあげる。身体は相変わらず自由が利かないものの、猿轡は外されていた。

どうやらここは蔵のなかであるらしい。綾坂侯爵家の蔵なのだろう。

「君が苦しむ姿は、何度見ても愉しいね」

背後から声がして首を捻じると、闇に溶けるように整った顔がぼんやりと浮かんでいた。

月長を認めたとたん、反射的に冷や汗が項から噴き出した。この男が危険であることを、すでに身体は学習していた。

晶の表情から畏怖を読み取った月長が心地よさげに喉を鳴らす。

恐怖を懸命に抑えこみながら、晶は問いただす。

「侯爵とは、あくまで内偵としての関係なんですよね？」

首からうえだけが宙に浮かんでいるかのように見える月長が小首を傾げた。

「どうしてそう思うのかな？」

「……だって、月長さんが想っているのは虎目で、大切な幼馴染だから」

「そうだね。僕はずっと虎目さまを想ってきた。だからこそ、許せない」

「許せない？」

「虎目さまは、もうどうやっても僕のものにならない。それがわかってしまったんだよ」

月長がさらに首を深く傾げた。そのせいで、生首が横たわっているかのように見える。

生首が唇を歪めた。

「だから虎目さまを苦しめることにした」

「……虎目を苦しめるために、春沖さんを甦らせないように俺を攫ったんですね」

少し間があってから、月長が認める。

「そうだね。綾坂春沖を甦らせられたら確かに困る。虎目さまも堯雅さまも、どうしてあんな綺麗ごとしか頭にない人間に囚われつづけているんだろうね？　お陰で僕は、どこにも身の置きどころがないよ」

溜め息交じりにそう呟くと、月長の目から涙が零れた。

それは横倒しになった顔を縦に流れて宙へと滴り落ちる。

陰鬱な声が語る。

「春沖にさえ出逢わなければ、虎目さまは僕たちだけの頭領だった。僕は少なくとも、虎目さまの特別でいられた。それでよかったのに、あの頭がお花畑のボンボンに惑わされて、デモクラシーだの民衆の救済だの、反吐が出る」

月長が唾を吐く。

晶はそんな月長をじっと見詰める。不思議といまはその姿がブレて見えなかった。鮮明な姿が暗闇に浮かび上がっていた。

──……なんて、哀しい。

悲哀という魂のかたちを、月長はもっていた。

胸がひんやりと疼くけれども、晶は自分の想いを口にする。

「俺は、春沖さんから影響を受けた虎目しか知りません。そして、その虎目のことを尊敬していて、愛しています」

愛という言葉が自然と口を衝いて出て、そうなのだと知る。

いつの間にか自分のなかの恋は、愛へと育っていたのだ。

「俺だって、春沖さんに嫉妬して、頭がおかしくなりそうでした。……でも、それでも、虎目が春沖さんに出逢って、よかったと思っています」

見返してくる眸が、漁り火のように光った。月長が唸る声音で言う。

「だから、綺麗ごとはもうたくさんなんだよっ」

ぎゅんと月長の首が起き上がったかと思うと、白目を剝くように眸を頭上へと向けた。

「抜け忍の処分は、お好きなようにどうぞ」

すると一拍置いてから、天井から人影が落ちてきた。しかし落下しているにしては、その速度は遅い。足元をなにかに支えられているらしい。

晶は目を凝らし、息を呑んだ。

大蛇のうえに着物姿の男が立っているのだった。年のころは三十代なかばといったところか。長い髪を後ろに流している。

その男が人ふたりぶんほどの高さの中空に立つ。

「おぬしが甦りの秘術を継承した、伊賀の抜け忍であることに間違いはないな？」

蛇を思わせる目つきと雰囲気の男だ。

「――……あ、あなたは？」

問い返しながらも、晶はすでにその答えをなかば知っていた。そして、思ったとおりの言葉を男が口にする。

「我は伊賀三人衆の蟲糸。この十四年よくも逃げおおせたな、晶」

祖父の言葉が頭のなかで反響する。

『伊賀は抜け忍に厳しい制裁を科す。見つかれば命はなかろう』

晶は着物に拘束された身で詮なくもがく。

すると、蟲糸の足元の大蛇の姿が揺らいだ――かと思うと、何本もの細い蛇が晶へと飛びかかってきた。それらは晶の身体にぐるぐると巻きつき、宙へと連れ去る。そうして男と同じ高さまで吊り上げた。

蟲糸に顎を摑まれて、顔をじろじろと眺められる。

「母親似だな」

その言葉に、晶は目を見開く。

「母さんのことを、知って……」

「当然。あれは我の従姉であり、許嫁であった女」

「――」

「それが命を弄ぶ術をもちいる男に懸想したのだからな。その咎を受けて死んだのは当然のこと」

　薄い唇から男が細い舌を出して舌なめずりする。

「あの断末魔の叫びと血の味は、いまだに忘れられぬ」

　晶の身体の芯は凍りつく。

「——母さん、は、父さんを庇(かば)って、甲賀者に……」

「そのように偽装するのは簡単であったな」

　蟲糸が声もなく嗤うと、それに合わせて身体に巻きついている蛇たちも身を震わせた。

「そんなことも知らずにお前の父は、我を甦らせるために術を使い、落命した。我から女を奪った罪滅ぼしのつもりででもあったのか。どこまでも愚かな男と女であった」

　蛇たちの震えが大きくなり、晶の身体は中空で揺れる。

　激しい吐き気に、晶はえずく。まるで猛毒が回っているかのように、全身が拒絶反応を起こしてガタガタと震えていた。

　……憎悪というのは、このようなものなのか。

　意識しないまま左手が刀と化していた。手に巻きついていた蛇の胴が断ち切れて、落下する。そのまま身を拘束する蛇と着物を、我が身を傷つけながら切り裂いていく。

　——こんな男のために、母さんも父さんも……祖父ちゃんも、俺も。

「白い肌に、血がよく似合う」

血の味を想像しているのか、蟲糸が恍惚(こうこつ)とした表情で舌なめずりを繰り返す。

いまや着物はずたずたに裂け、下帯が露わになっていた。巻きつく蛇を斬っていくが、しかし次から次へと新たな蛇が襲いかかってくる。

気が付いたときには手首足首、胴体に何十匹もの蛇が巻きつき、晶の身体を大の字になるかたちで中空に縫い留めていた。

「く…っ。俺のことも、殺すのかっ」

怨嗟を籠めて睨みつけると、親の仇が接吻せんばかりに顔を寄せてきた。その細い目が三日月を横倒しにしたように笑む。

「安心しろ。お前の母親のようにすぐに殺しはせぬ」

その言葉と同時に、晶を拘束している蛇たちがうぞうぞと動きはじめた。鳥肌がたつような感触に、晶は改めて自分の腕に巻きついている蛇を見詰め、気づく。

それは蛇のように見えて、蛇ではなかった。

——……髪？

よくよく見れば、蛇は髪が束になってそのように見えているのだった。椿油をまぶしたかのような香りと艶があり、ひんやりとしている。その髪がばらけたり束になったりしながら、素肌を這いまわりだす。

「我が髪は、断たれたのちも増殖し、我の手足となる。どうだ、よい心地であろう?」

胸をまさぐられて、それを剝がそうともがくものの、手足を拘束されているためにままならない。

「っ…ぁ」

胸に痛みを覚えて見下ろせば、乳首の付け根を髪でキュッと縛られていた。乳頭を髪でチクチクと突かれる。胸を引いて逃れようとすると、乳首をさらにきつく縛られた。千切られそうな怖さに身動きを取れなくさせられたうえで、髪先の束で鬱血していく乳首をいたぶられる。どうやらこの髪は、針金のように硬くなることも、絹糸のようにしなやかになることもできるらしい。

胸に意識を取られているうちに、肌という肌に髪が這っていた。それは下帯のなかにまで侵入し、萎えている茎に巻きつく。

「い…や――」

根元から先端までびっしり巻きつかれ、きつく締めつけられる。このまま陰茎を潰されそうな痛みと恐怖に身を強張らせていた晶は、ふいに身体をビクンと跳ねさせた。

「め…はい、っ、たら」

亀頭の孔から髪が侵入したのだ。

懸命に腰をよじるけれども、一本ずつが細すぎるために拒むことも叶わず、髪が次から次へとしなやかにくねりながらはいりこんでくる。数十本が縒った糸のようになりながら奥へ奥へと進んでいく。

茎の中枢の管を拡張され、貫かれて、晶の身体は小刻みに跳ねつづける。

「う…ぅう」

下帯の前が粗相でもしたかのように濡れそぼっていく。

「もうそんなに濡らしておるのか。清廉な少年のように見えて、ずいぶんといやらしい」

揶揄する蟲糸の言葉に、月長が返す。

「甲賀の頭領の奥方ですから、仕上がっていますよ」

「抜け忍となったうえに甲賀の長の慰み者になるなど、どこまでも裏切者の恥晒しであるな」

その言葉と同時に、晶の身体は仰向けにされ、股が裂けそうなほど左右に脚を広げさせられた。蟲糸へと会陰部を晒したまま、髪の触手によって下帯をずらされる。視線に晒されて、孔がキュッと窄まる。

「この慎ましやかな蕾で、甲賀の頭領を垂らしこんでいるわけか」

晶に見せつけるように髪が太い束を作り、あたかも屹立(きつりつ)した巨大な男根のようになる。

それが脚のあいだへと寄せられるのを目にした晶は、必死に首を横に振った。

「嫌、だっ——そこは……虎目の、ための」

それが頭を蕾に押しつける。決して受け入れるまいと、晶はあるだけの力を籠めて、貞操を守ろうとする。

けれども男根の先端が細い束に分裂したかと思うと、蕾をくにくにと揉みしだきはじめた。まるで無数の細い舌に舐めまわされているかのようで。

「ぁあ…っ」

襞がヒクついた隙に、細い一本が侵入する。一本を許してしまったあとはもう、次から次へと細い蛇の群れのように雪崩れこんできた。蕾が限界まで開ききる。

侵入を果たしたものたちはふたたび身をひとつにして、巨大な男根をかたち作った。

「や、ぁ、あ、うう」

犯された内壁が拒絶に蠕動すると、ふいに束がバラけた。今度は、髪の一本一本が粘膜を這いまわりだす。そうして晶が反応を示したところを執拗に攻めたてはじめた。なかの快楽の凝りに髪の子蛇が嚙みつく。

「あぁあ…あ」

耐えがたい刺激に身を反らすと、なかのものがまたひとつにまとまる。

髪はみずから油を分泌しているらしく、内壁を極限まで引き伸ばしつつも、なめらかに突き上げては、のたくる。

「ぁ……ぁ……」

「悦いであろう？」

蟲糸に問われて、晶は苦悶の表情を浮かべながら首を横に振る。

虎目以外のものに犯されるつらさに心臓がギシギシと軋んでいる。

「その者はまだ未精通なのですよ」

月長の言葉に、蟲糸は興味をそそられたようだった。

「ならば、初めての種を引きずり出してやろう——このまま壊してしまってもかまわぬか？」

「愛らしい見た目のわりにそうとうな頑固者です。二度と綺麗ごとを言えないように、壊してしまってけっこうですよ」

そう言い置くと、月長は蔵を出て行った。

あとには、晶の引き攣れる呼吸音と、無数の髪触手が蠢く湿った音が、暗がりに残された。

一日がたったのか。二日がたったのか。それともまだ数時間しかたっていないのか。
口も後孔も陰茎も——乳首の先からまでも、髪は晶のなかに侵入していた。体内の隅々にまで髪がはいりこみ、犯し尽くしている。

神経という神経を、痛みと快楽が絡み合いながら走りまわる。

強烈すぎる感覚を受け止めきれずに、頭のなかが明滅を繰り返す。

「ふ…ぐ…ん」

晶の心は仇の操るものに快楽を引きずり出される口惜しさに、焼けつく。

涙と唾液と汗と先走りが絶え間なく溢れつづけ、髪を伝い落ちていく。体液を糧としているのか、無数の蛇のような髪は闇のなかで煌めき、淫らにのたくり、身を打ち震わせる。

体内の水分は刻一刻と失われている。このままでは早晩、脱水のために命を落とすことになるだろう。

――まだ……まだ、終われない。

晶はともすれば消滅しそうになる自我を、懸命に掻き集める。

――……やり残している、ことが、ある……。

生き地獄のなか、晶は眸を鈍く光らせた。

すると、爬虫類めいた顔が、視界いっぱいに逆さまに広がった。口からずるりと異物を引き抜かれる。

「まだ、このような反抗的な目ができるものか」

晶は目を逸らさずに蟲糸を見据え、擦れきった声で告げた。

「俺は……決して、落ちない」

このような者に、自分は決して落とされない。

自分が落ちるのは、生涯、ただひとりの相手だけなのだ。

蟲糸の顔が苛立ちと嗜虐に、引き歪む。その手が晶の下腹部へと伸ばされ、双囊を鷲掴みにした。

「未精通だそうだな。この可愛いふぐりを切り裂いて、じかに種を暴いてやろうか」

決して口先だけの脅しでなく、蟲糸ならば平然とそれをおこなうことだろう。

悲鳴をあげたくなる唇を晶は血が滲むほど噛み締める。たとえどのような目に遭わされようとも、自分はいま一度、虎目に逢わなければならないのだ。

――とら、め……。

声にならない擦れた吐息で、晶は繰り返し繰り返し、その名を呼んだ。

十一

耳に馴染んだ少年の声に名を呼ばれたような気がして、虎目は夜道を振り返った。しかし人気のない町で鳴るのは、風の音ぐらいのものであった。

空耳と納得したものの、気が急いて、虎目は夜闇に紛れる紫紺の着物姿、忍特有の足さばきで飛ぶように走りだす。

——早く、顔を見たい。

帰路に、このように思うようになってしまったのは、いつからだったか。

初めは確かに、春沖を甦らせるための秘術を転写する道具としか思っていなかった。相手は抜け忍とはいえ、敵対してきた伊賀の者であるから、落として利用したのちはどのようにでも苦しめてやろうとすら思っていたのだ。

だが、捜し出した少年は、肩透かしなほど純朴で、間が抜けていた。

——人のことを、死神だの人喰い鬼だの言いやがって。

思い出すと、温かな笑いに胸が震える。

三日三晩で落とすと宣言したものの攻めあぐねた時点で、自分の心は晶に傾きかけていたのかもしれない。けれども、その傾きを頑なに否定しつづけた。否定するために、晶に

「……晶？」

無体を繰り返しもした。

　春沖を喪った三年前、もう誰にも心を奪われることはないと滂沱の涙にくれながら思った。晶への気持ちは、その春沖への想いを穢すもののように感じられてならなかったのだ。

　それでも、自分はいつしか晶に落ちていた。

　そのことを自覚したのは、晶が秘術を虎目に転写する覚悟を決めて、使い方を伝えてきたときだった。

　あの時、晶は言ってきた。

『でも俺は――その術を、あなたに使ってほしくありません』

　その言葉に、虎目は自分でも驚くほど、素直に喜びを覚えた。独占欲からの言葉だと思ったからだ。そのような吐露を引き出したくて、尋ねた。

『それはどうしてだ？』

『……それは……』

　口ごもってから瞑目した晶はしかし、虎目が欲しい言葉は口にしなかった。

『甦りの術は自分の魂を削るものなんです。だから、人ひとりを甦らせれば、自分の命が尽きてしまうこともあるのです』

　虎目への執着も、春沖への妬心も、晶は示さなかった。そのことに無性に腹が立った。

『本当に、俺に術を使わせたくない理由はそれだけなのか？』

『それだけです』

『――お前は俺のことを好いてるんじゃなかったのか？』

『す、好いています』

『それなら、俺に本心をぶちまけてみろ。人のことはどうでもいい。お前自身はなにを望んでるんだ？』

八歳も年下の相手に大人げなく、執拗に迫った。

自分は春沖を胸に置いたまま、晶の身も心も激しく欲している。

そのことへの葛藤が胸で燻りつづけていた。

晶は年より幼く見えるものの、内面は決してそうではない。

出逢ってからのこの七ヶ月で急速に成長した部分もあるのだろうが、おそらく毅然とした一面は根底にあったものなのだろう。

――俺は腹を据えて、あいつに向き合わないとならない。

大切なことを晶に告げずに、誤魔化してきたのだ。

晶がそうしてくれたように自分もまた葛藤も含めて晶に向き合い、これから先のことを話し合おう。先延ばしはやめて、今晩のうちにそうすることを、虎目はおのれに誓う。

造花屋に帰りつくと、月長が出迎えてくれた。

「こっちに来てたのか」

「はい。……お疲れのようですね」

「ああ。平民宰相の暗殺計画があって、その抑えこみでな」

九月に起こった財閥創始者の暗殺事件が引き金となり、富裕層に対する敵愾心が民衆のあいだで高まっている。このような社会にしているのは、平民出身であるにもかかわらず富裕層におもねる平民宰相の責任であると、彼らは憤っているのだ。

伊賀者は、そのように民衆を煽って暗殺を企図しているのは甲賀者だと吹聴しているが、決してそうではない。

むしろ、華族に与する伊賀者こそが一代で財を成した者や平民宰相を一掃したがっているのではないだろうか。

そのことを思い、虎目は重い声で呟く。

「伊賀のほうも一枚岩ではないって話だからな。うちにしても、里の長老とは意見の食い違いも多いから、他人事じゃねぇが」

新たな時代の忍の在り方を模索するなかで内部分裂が起こるのは、避けられないことだ。

『したたかに変わっていかなければならないのですよ。社会も人も』

花菖蒲を思わせる気高く賢い青年の言葉が、胸に甦る。

侯爵家に生を享けながら、おのれの優位性を棄てる覚悟を決めて生きた人だった。その姿勢と知性に、自分は導かれ、援けられた。

綾坂春沖は、すでに自分の一部として深く根を下ろしている。

彼への想いが薄らぐことはないのだろう。だからこそ、晶に惹かれていることがこんなにも苦しい。

階段を上っていると、背後から月長が告げてきた。

「今宵の疲れは、僕がほぐしてさしあげましょう」

「いや、晶に大切な話がある」

四階の廊下を奥まで急ぎ、二間続きの自室にはいる。寝所への襖を開きながら呼びかける。

「晶、起きてるか?」

しかしふたつ並べて敷かれた布団に、人の厚みはなかった。

もう深夜の一時を回っているが、まだ二階で女たちに化粧をほどこしているのか、それとも湯場にでもいるのか。晶を捜しにいこうと踵を返そうとした虎目の肩の後ろに、そっと月長が顔を寄せた。ふうっと吐息を着物にかけられる。

とたんに着物が拘束具のように肌を締めつけた。

「月長、なんのつもりだっ」

咎めようとすると、背を押された。張りつく着物に動きを妨げられて重心を崩す。うつ伏せに褥に倒れこむと、月長が背後から体重をかけて身体を重ねてきた。

耳元で囁かれる。

「晶さんは、今日は別室で休んでいます。今宵は僕が夜の務めをしますよ」

着物越しに腰や脚を淫らな手つきで撫でまわされて、虎目はきつく眉をひそめた。

月長の術は虎目も転写によって保持しているものの、かけた術者でなければ解除はできない。しかもこの体勢では眸の術で月長を従わせることもできない。

「どいて、術を解け。俺はそういう気分じゃない」

しかし逆に、月長が下腹部を虎目の臀部に押しつけてきた。

「もう半年以上、僕に対してはそういう気分になっていませんね」

怨じる声で指摘されて、気が付く。

思えば、晶がここに来てからというもの、月長とは接吻しかしていなかった。それも、綾坂侯爵に男色で取り入るための下準備として、月長にねだられて唾液を与えるだけの行為だった。

「……虎目さまは、いつも無自覚ですね」

月長が硬くなった陰茎を擦りつけてくる。

「虎目さまが僕に触れなかったのは、春沖さんが傍にいたころと、晶さんが来てからだけなのですよ」

「――」

「だからまた、あなたは僕に触れるのでしょう。晶さんがいなければ」

月長の震えが、背中から響いてくる。泣いているのか。

自分が月長を傷つけてきたらしいことを、虎目はいまのいままでわかっていなかった。欲望の発散は互いに必要であり、男同士であるだけに気安さもあった。

月長は幼馴染であり腹心であり、性交もまたその繋がりの一環であると認識していた。

月長の初めての相手は自分で、自分の初めての相手は月長だった。

それがどれだけ特別な意味をもつのかは、晶を初めて抱いたときのことに重ね合わせれば理解することができた。

――晶は、あの時……。

おそらく月長も初めてのとき、あの時の晶と同じ気持ちであったのだろう。

「お前のことを理解しようとしていなかった俺に、すべての咎はある」

虎目は語気を強くして続ける。

「だからそれはすべて俺に向けろ。晶には、決して手を出すな」

数拍ののち、月長が呻くように呟いた。

「それは、すでに手遅れです」

「――晶に、なにを、した?」

濁った声を喉から絞り出す。憤りに身が震える。背後の月長を撥ね退けようとすると、めりこんでくる。

着物の拘束がさらに増した。まるで万力に締めつけられているかのように、着物が身体に

「ぐ…う」

肋骨がいまにも折れそうに軋む。

耳元で囁かれる。

「いまごろは壊れきっていることでしょう。身も心も」

身体の芯が凍り、次の瞬間、憤怒に燃えた。身悶える虎目の背に、また震えが響いた。

それは次第に大きくなっていき、哄笑となる。

月長は泣いていたのではない。ずっと嗤っていたのだ。

「このまま肉塊の玉にして、宝物にしましょうか」

ほっそりとした指が虎目の首に絡みつき、絞め上げ——。

その時だった。廊下から凄まじい音が聞こえてきたかと思うと、虎目のうえから月長の身体が吹き飛んだ。火の玉が、その右腕に絡みついている。

「シンシャちゃんっ、ゃああ！」

寝所に飛びこんできたツツジが悲鳴をあげる。

いまや月長の右腕は炎に包まれていた。それで術力が途切れたらしい。虎目の着物の拘束力が失せた。

虎目は跳ね起きると、絹の掛け布団を摑んだ。

「シンシャ、もういい。離れろ！」

布団に息を吹きかけて月長に投げつけると、それは腕に巻きついて空気を遮断し、火を消した。

深い火傷にガタガタ震える月長の顔を、虎目は両手で摑み、その目を凝視した。眸の術をかけながら険しい声で問う。

「答えろ。晶はどこにいる？」

術に抗う間があったのち、月長の口がぎこちなく動いた。

「あ、や…さか、侯爵の、蔵」

虎目は奥歯を嚙み締めると、「俺が戻るまで、眠れ」と命じた。月長の瞼がぱたりと落ちる。

息を荒らげながら立ち上がり、ツツジに命じる。

「月長の腕の治療をしておけ。……月長から綾坂侯爵に、こちらの情報が漏れていたと見るべきだ。造花屋とカフェーは警戒態勢にはいる」

「虎目さまは…っ」

「俺は男衆を連れて、晶を奪還する」

そう言い終えるや否や、虎目はもう廊下へと走り、階段を踊り場までひと飛びにしながら男たちに戦闘準備を命じ、外へと飛び出した。

十月下旬の膨らみかけた月に照らされながら、ときには人家の屋根を飛びわたって綾坂邸へと急ぐ。頭領に置いていかれそうになりながら、甲賀の男衆十人も夜闇を縫う。

——間に合ってくれ！

綾坂邸の高い塀を駆けのぼり、高木の枝を渡る。

大きな蔵の高窓へと身を投じながら、虎目は袂から出した鉤縄を放ち、梁に巻きつける。とたんに、下方から黒い槍のようなものが幾本も飛んできた。それを躱しながら高所から蔵のなかへと視線を巡らせた虎目は、その眸を凍りつかせた。

晶がいた。

まるで磔刑にでも処せられているかのように、宙で両腕を開いている。その身を隠すものは腰帯でかろうじて身に巻きつけられているズタズタに切り刻まれた着物ばかりで、露わな白い肌がぬめるように光る。その肌のうえを、大小の黒蛇が幾重にもまとわりつき、のたくっている。椿油の香りが濃厚に漂う。

——蛇ではない。あれは……髪か。

蟲糸という髪を操る忍が、伊賀三人衆にいると聞いたことがある。綾坂が伊賀者を飼っていることから考えても、その者に違いなかった。

あとから蔵に飛びこんできた仲間へと声を張る。

「敵は、伊賀の髪遣いだ！　髪に触れれば身を断たれるぞっ」

そして晶はそのようなものに身体中を巻き取られているのだ。いまにも晶が無惨に切り刻まれかねないことに、虎目は狂おしいまでの焦燥感に駆られる。

次から次へと飛んでくる髪の矢から縄を巧みに操って逃れながら、虎目は晶へ近づいた。そうして腰帯の背中から忍刀を抜き、白い肢体に絡みついている髪束を素早く断っていく。

「晶、しっかりしろっ」

腰を抱き支えながら声をかけた虎目は、その時になってようやく、晶を串刺しにするかのように下から貫いている黒光りする柱のごとき髪束に気づいた。

砕けんばかりに奥歯を嚙み締め、虎目は晶の身体を引き上げた。

驚くほど太くて長いものが、ずるずると抜けていく。すべて抜き終えると、屹立した陰茎そのままのかたちをしたものが現れた。

「うう…」

晶が睫毛を上げる。霞がかかったような眸は、虎目へと焦点を結ばない。

甲賀の男衆は虎目と晶に襲いかかる黒い矢を鎖鎌や手裏剣で撃ち落とし、床の暗がりに佇む伊賀者をなんとか仕留めようと格闘していたのだが。

ふいに、その伊賀者の身体が宙に浮き上がった。髪でできた大蛇のうえに立っているのだ。

その男は虎目のすぐ横をビュッと通り過ぎたかと思うと、高窓から外へと飛び出した。

あとを追おうとする男衆に、虎目は告げる。

「深追いはするな！」

五人が追尾に回り、五人が虎目たちの警護に当たる。

床に降りると、そこに残された髪束は、いまだうぞうぞと長虫のようにのたくっていた。

「火を放っておけ」

そう命じて蔵から出ると、虎目は羽織で晶を包んで両腕にかかえた。

ここからならば、銀座のカフェーが近い。忍の根城として使えるように、薬などもそこに充分に揃えてある。

「すぐに治療してやる。大丈夫だからな」

弱々しいながらも呼吸はある。これならば助けられるはずだ。心のほうも時間がかかろうとかならず回復させてみせる。

そう胸に誓いながら、銀座中央通りへとはいる。

夜風に街路樹の柳がさらさらと流されるなかを、虎目もまた一陣の風のように走り抜けようとしたが——ふいに足元に黒い矢が飛んできた。それはすぐにバラけて、髪束となる。

前方の六階建ての建物のうえから、ふたたび矢が放たれた。

「虎目さま、あの者は我らにお任せください」

五人の男衆がそう告げるや否や、敵のほうへと飛び去っていく。

伊賀者をこの手で討ってやりたいところだったが、いまはなによりも晶の手当てが第一だ。虎目はすでに目と鼻の先にあるカフェーへと走りだしたが、歩を止めて飛びすさった。

抱きかかえていた晶が突如、宙へと身を翻したのだ。まるで糸に吊り上げられているかのような身軽さで、瀟洒な突き出し看板のうえに立つ。

羽織が落ち、肌がほとんど露わになるほど切り刻まれた着物の残骸と、ほどけた髪とが風に流される。

その手には、左右それぞれに黒い刀が握られていた。

虎目は自分の肩に触れる。斬られたばかりの傷から血が溢れている。

「晶――いったい」

問いただそうとする虎目へと、晶が飛びかかりながら刀を振るう。

それを避けて、虎目は地を蹴った。横の建物の二階部分に足をかけると、晶もまた瞬時に飛び上がる。

「気を確かにもてっ！」

しかし晶はなんの躊躇いもなく二本の刀を虎目へと繰り出す。

虎目は建物から電柱へと飛び移ってそれを駆けのぼり、四階建ての建物の屋上へとふたたび飛んだ。

晶もまた同じようにして、屋上へとふわりと降り立つ。

顔にかかる髪の狭間から覗く目は、相変わらず霞がかかったようにぼんやりとしていた。

――操られてるのか。

おそらく、晶の体内には蟲糸の髪が大量に残されており、それによって操られているのだ。あの刀も髪から錬成されたものに違いない。髪遣いを倒して術を解くか、あるいは晶の体内の髪をすべて取り除くほかないだろう。

晶が足を踏み出す。そして宙を駆けるようにして一瞬で虎目へと迫った。虎目は忍刀をかざしたものの、晶に振り下ろすことはできずに飛び退る。幾度かそれを繰り返し、虎目が反撃できないと見ると、晶は一気に攻勢に出た。

目まぐるしく襲いかかる刀は、もともと髪であるだけに、しなやかに変形して刃を伸ばす。虎目の腕や脚から血が噴き出す。

虎目は腰帯をほどいて着物を脱ぐと、襦袢一枚になって、帯と着物に息を吹きかけて晶に投げつけた。それらは晶の身体に巻きついて動きを封じる。

しかしそれも数秒のことだった。まるでハリネズミのように、黒い無数の針が晶の身体から突き出て、着物と帯をズタズタにする。

そして、その針はそのまま虎目へと伸びてきた。躱そうとしたものの、足首を太い針で貫かれて、転がる。

虎目の動きを封じたまま、晶が近づいてくる。

そうして両腕を月へと伸ばすように上げた。握り合わされた両手の刀が絡み合い、人の胴を切断できるほどの太い刀と化す。

その刀を振り下ろすかに見えたが――。

「あきら…？」

晶の腕が、抗うようにブルブルと震えているのを虎目は見る。

自分を見下ろす眸に、七色の光が明滅する。

「晶、俺のことがわかるんだなっ⁉」

ほんのわずかに、晶が首を縦に振った。

肉体は操られていようとも、心までは支配されていないのだ。

晶が呻くように呟く。

「ま…だ……やり残して、いる、ことが」

肉体を操るものと闘っているのだろう。握る刀が細くなっていく。

――これなら、きっと助けられる。

虎目は希望に励まされ、足首を針に貫通されたまま立ち上がり、晶へと近づく。

「俺の目を見ろ。お前の身体を一度完全に停止させれば……」

「いけません！　近づいたら…っ」

晶の手の刀がギュンと伸びて、虎目の肩を刺し貫いた。

しかしそれは一瞬にして引き抜かれ、棘も刀も消失する。

「——俺は、もう」

晶が双眸からほろほろと涙を零したかと思うと、虎目の右腕に飛びついてきた。腕をかかえて、そこに身を倒す。

「——」

忍刀を握っている右手が、熱い液体に濡れていく。

「あ…ぉ…う」

虎目は声にならない音を喉から漏らしながら、膝をついて晶の両肩を摑んだ。仰向けにして抱きかかえると、その胸元は黒々と濡れそぼっていた。

「い、ま——いま、助けてやる」

晶が眉根をきつく寄せて首をかすかに横に振ったかと思うと、残った力を振り絞るようにして虎目の胸倉を両手で摑んだ。

耳元で、か細い声が懸命に伝えようとする。

「んな、……さい——ごめんな、さい」

いったい晶はなにを謝っているのか。

それよりも一刻も早くカフェーに運んで手当てをしなければならない。抱き上げて立とうとする。

「術を――あげられ、なくて」

虎目は目を瞠って、間近にある晶の顔を見る。

「はる、おきさんを……よみがえらせ、られ、な、くて」

こんな時に、晶はなにを言っているのか。

呆然とさせられ、思い至る。

――……そうだ。晶は、そういう奴なんだ。ずっと、そうだった。

我欲や保身よりも、ほかのことのために心を動かしてしまう。

だからこそ貧しい少女に薬草を渡し、そのせいで甲賀の情報網に引っかかり、自分のような男のものにされたのだ。

晶の眸の七色の光が急速に弱まっていく。

「駄目、だ……待て、待ってくれっ」

虎目は懸命に頼みながら晶をかかえて今度こそ立ち上がった。

そうして一歩を踏み出し、そのまま石と化したように動きを止める。

腕のなかで、晶はこと切れていた。

十二

目を開けて、晶はほの蒼い月明かりに照らされていることを知る。
のろりと視線を動かすと、あたりには花が満ちていた。
枝に群がる桜、牡丹、木蓮、向日葵、菊、秋桜、椿——四季の境目もない花々だ。
晶は安堵の吐息をつく。ここは造花屋の工房であるらしい。
なにかひどく恐ろしいことがあった気がするのだけれども、悪い夢でも見たのだろう。
身を起こしながら呼びかける。
「……虎目！　シンシャ！」
強い風が吹き寄せてきて、思わず目を閉じる。
すると、噎せ返るような花の匂いがした。
——……どうして、匂いが？
晶はハッとして目を開けて、改めて視線を大きく巡らせた。
月に照らされて、四季の境目のない花園が果てしなく続いている。
自分の左胸に掌を当ててみる。心臓の鼓動がない。
「あぁ…」
自分は、今度こそ死んでしまったのだ。死んだことを自覚したとたんに、思い出す。

「間に合わなかった」

なんとか最期にでも身体を交わして、虎目に甦りの術を転写したいと願っていたのだけれども、叶わなかった。

虎目を殺そうとする自分を止めるのには、ああするよりほかなかったのだ。

晶は両手で顔を覆う。涙がこみ上げてくる。

もう虎目と一緒にいられないことに、虎目に春沖を甦らせるすべを与えられなかったことに——それに対して自分が心のどこかで安堵を覚えていることに、止め処なく涙が溢れる。

死してまでこのような想いに苛まれつづけるのか。身を丸めて地に蹲り、痛みに耐えていると、次々と草花の茎が踏み折られる音が聞こえてきた。

晶は重い頭を上げて、音のするほうへと視線を向ける。散らされた花弁が宙を舞っている。

それはトンと地を蹴ると、突如、晶のすぐ前に降り立った。

黒い靄の塊は大きな四足獣のようにも見える。晶は震えながら上体を起こすと、その獣の顔らしき部分を凝視した。

「虎目石……」

そこには美しいふたつの虎目石が嵌めこまれていた。

腹の底に響くような唸り声をあげたかと思うと、その獣は飛びかかってきた。咄嗟に身を丸めた晶の項に牙がめりこむ。痛みは感じないが、嚙まれている場所から熱が流れこむ。それはあたかも生命の熱い息吹のようで。

獣は晶を咥えたまま、月までも飛ぼうとするかのように跳躍した。

「晶――晶っ！」

虎目の声が腹の底に響く。

「ふ…は…」

呼吸をすると、まるで窒息したあとのように気管や肺が激しく痛んだ。噎せながら涙ぐんだ目を開ける。

「よかった、晶っ」

虎目の逞しい腕に抱き締められて、晶は慌ててもがいた。

「駄目ですっ……俺は、蟲糸の髪に」

また虎目を傷つけてしまう恐怖に混乱状態に陥りかける晶の目に、硯と和紙が映る。倒れた小さな壺(つぼ)から溢れている煌めくものは、砕いた水晶だろう。

――……まさか。

晶は息を呑んで、自分の手を見詰めた。掌から髪の刀は生えていない。全身にだるさはあるものの、壊されかけた痛みはない。

それに、蟲糸に苛まれて破壊されたはずの心が、きちんとここにある。

「でも……そんなはず、ない」

虎目が涙に濡れそぼった眸で見詰めてくる。そして見るだけでは足りないと言わんばかりにさらに強く晶を掻きいだく。

「お前を、あの世から取り戻せた…っ」

その言葉に晶は、自分が馥郁(ふくいく)たる香りに満ちた花の野にいたことを思い出す。そこに、四足獣が現れたのだ。いま思えばあの影は、虎のようであった。

——……あれは、虎目だったんだ。

虎目が自分をあの世から連れ戻してくれたのだ。

おそらく、甦りの術でもって。

「でも、どうして……術が、虎目に？」

呟くと、虎目がわななく低い声で答える。

「お前に隠していて悪かった。甦りの術は、すでに俺に転写されていたんだ」

「——え？」

晶はしばし虎目の顔を凝視してから、瞼を伏せた。

甦りの術は術者の魂を削るものだ。人間を甦らせれば、下手をすれば落命する。自分を甦らせたぶんだけ、虎目の魂は減ってしまったのだ。

——それに……本当に甦らせたかったのは、俺じゃない。

目の前で虎目を助けるために晶が自死を選んだことで、判断が狂ってしまったのだろう。もし虎目がこの先、春沖をも甦らせようとすれば、間違いなく命を落とすことになる。それだけは絶対に阻止しなければならない。

——虎目は、この選択を後悔する。……俺のことを憎みすらするかもしれない。

胸を悲哀で満たされている晶をいだく虎目の腕から力が抜けていき、そのままずるりと畳に頽れた。

「と、虎目っ」

その顔は蒼白で、肌がやたらに冷たい。

甦りの術を使った負荷のせいだ。

全裸で虎目を抱きかかえて、晶は助けを呼ぶために声を張りあげた。

虎目は丸三日がたってから意識を取り戻した。

人ひとりを甦らせてそれで済んだのは、虎目の魂の質量が大きいせいに違いなかった。とはいえ、起き上がるのもつらそうで、ザクロが秘薬を煎じて回復を促した。

伊賀の蟲糸によって、甲賀の男衆三名が落命し、四名が重傷を負った。

晶は自分などの救出のために取り返しのつかない被害を出してしまったことにひどく胸を痛めたけれども、虎目は晶に訊いてきた。

「お前の経験したことは、大きな鍵になるかもしれない。蟲糸に操られているときに意識はあったのか？」

「意識は薄くですが、ありました。でも、まるで悪夢のなかのようで、自分の思いどおりにはまったく動けませんでした」

虎目を傷つけてしまった衝撃で、いっとき意識が濃くなって動けたものの、おそらくすぐにまた身も心も蟲糸の髪に搦め捕られていたに違いない。

「なるほどな」

四階の奥の寝所、褥のうえで脇息に身を凭せかけている虎目が、しばし沈思したのち、口を開いた。

「九月の終わりの暗殺を覚えているか？」

「財閥創始者が暗殺された事件ですね」

「あれはもしかすると、蟲糸が暗殺者を操ってたのかもしれねぇ」

晶は目を見開き、身を乗り出す。

「あの後も、財閥系の富裕層を狙った事件があったそうですが、それも……」

虎目が頷く。

「投機の才で、平民から一代で財を成す者が増えてる。政府はいまのところ華族の機嫌も窺(うかが)ってるが、平民出の財閥が幅を利かせるほど華族はこの先、ないがしろにされていくことになるだろう」

「……綾坂侯爵はそれを阻むために伊賀者を使って、平民が平民出身の富裕層を敵視するように煽っている――ということですか？」

虎目の身体も前傾し、言葉に熱が籠もる。

「堯雅は以前から、平民の台頭を阻止しようとして伊賀者を使っていた。それで春沖は兄と対立し、甲賀に助力を求めてきた」

そう語った直後、春沖の名を口にしたことを悔いるような苦い表情になり、虎目はきつく目を閉じた。

「いまの話は忘れろ。お前には関係ない」

虎目はいま、かつて春沖と熱く語り合ったときのことを思い出しているのだろう。

本来ならば虎目の前にいるのは、甦った春沖であったはずなのだ。春沖ならば強い信念と明朗な思考とで、虎目とともに戦うことができたのだろう。

——俺では、虎目の相談相手にすらなれない……。

そのことに胸を圧し潰されていると、階下から凄まじい物音がたてつづけに起こった。

「お前はここにいろ！」と晶に言い置いて、虎目がまだ本調子とはいえない身で寝所を飛び出していく。命じられたからといって待っていることなどできるはずがない。晶もまた階段を駆け下りた。

一階に降りてみると、床のあちこちに髪が落ちており、負傷したくノ一たちが倒れていた。

腕を血に染めたザクロが、険しさに彩られた蒼い顔で虎目に駆け寄る。

「地下に幽閉していた月長を、伊賀者に奪われた！」

「あの髪遣い——蟲糸という奴だな」

「あたしが見張っていながら、情けないっ。取り戻してくるよ」

逸るザクロの腕を摑んで、虎目は厳しい声を響かせた。

「蟲糸は綾坂堯雅に飼われていて、デモクラシーを潰す一連の動きの鍵となっていると見ていい。確実に仕留める必要がある。それを最優先事項とする」

「それじゃあ、月長は……」

「月長もいまは敵陣の者として扱う」

冷徹に告げる虎目が、きつく拳を握り締めているのを、晶は見る。

虎目と月長とザクロは、幼馴染であるという。ザクロの面に悲哀の漣が拡がり、しかしすぐにくノ一の総取締役の顔になった。

「わかったよ。頭領の判断だ」

虎目は頷くと、すぐに東京市界隈にいる甲賀者に招集をかけるために伝令を飛ばした。

四階で忍具を準備している虎目に、晶は訴えた。

「俺も、連れて行ってください」

晶に背を向けたまま、虎目が言う。

「足手纏いだ」

それが本当のところであることは、晶にもわかっている。それでも、退くわけにはいかない。

「俺は、親の仇を取らなければなりません」

虎目が手を止めて、横顔を晶へと向けた。

「親の仇？」

「蟲糸は俺の母の従弟であり、元は許嫁だったんです。そして両親はともに、蟲糸のせいで命を落としました。俺はすでに伊賀を抜けた身だけれど、そのような者に伊賀三人衆などと名乗らせておくわけにはいきません！」

虎目はひとつ深く呼吸すると、晶のほうへと向きなおり、風呂敷包みを畳に置いた。

膝をついて開いてみると、それには忍用の黒衣や鎖帷子、忍具などが一式はいっていた。

「使えるのはあるか？」

晶は平べったい柄に尖った鏃状のものがついている忍具を手に取る。

「クナイなら使い慣れてます」

クナイは、敵を直接攻撃することもできれば、手裏剣代わりに投げて使うこともできる。敵を苦しめないで仕留めるため苦無からクナイという名がついたらしい。

山間で暮らしていたころには狩りをしたり、高所に登るときの足場にしたり、地面を掘ったりするのにも使っていた。

「同行は許す。ただし、お前はあくまで防御と援護に徹しろ。それと、シンシャを連れていけ。あいつは信頼できる」

晶は自身の心臓に拳をきつく当てる。

「ありがとうございます。この命は虎目から分けてもらった宝物。かならず、大切にします」

虎目が頷き、両腕を伸ばしてきた。

強くて逞しい腕に抱きすくめられる。

「二度と、俺より先に死ぬのは許さねぇからな」

東京市中の甲賀者が造花屋へと集結し、蟲糸の居場所とほかの伊賀者の動きを探った。そして蟲糸が見世物小屋が立ち並ぶ浅草六区に身をひそめていることを摑んだ。

どうやら伊賀の内部が現在、分裂状態にあるらしいことも摑むことができた。伊賀三人衆がそれぞれ、穏健派、中立派、強硬派に分かれて対立しているのだという。言うまでもなく、蟲糸は強硬派で、伊賀が裏から日本を支配することを目論んでいるらしい。もともと伊賀はあくまで雇い主に力を貸すという姿勢であったから、蟲糸は異質であるのだろう。

十一月四日の丑三つ時、男女の忍七十人が部隊を作り、造花屋を出立した。第一陣が三十人、第二陣、第三陣が各二十人ずつだ。

虎目は第一陣として先陣を切り、晶はシンシャとともに第三陣に同行することとなった。ツツジも第三陣にいた。

「いざとなったら、俺とシンシャが守るから」と夜闇のなかを走りながら告げると、ツツジが小さく笑ってから、「ありがとう。あたしも晶とシンシャちゃんを守るね」と返してきた。

浅草公園六区につくと、遊興の町は草木も眠る時間帯だけあって寝静まっていたが、撒菱(びし)が散らばる道に倒れ伏している者たちが十人ほどいた。調べてみるといずれも甲賀者ではなく、すでに息をしていなかった。その者たちは鎖鎌や忍刀などの忍具を手にしていた。撒菱を避けながら駆け抜けようとしたとき、ふいに紙玉がこちらに投げこまれた。火薬を和紙で包んだ鳥の子(とりのこ)だ。火が導火線を焼き切って爆発する。晶もほかの甲賀者たちも咄嗟に建物の陰に飛びこんで難を逃れたが、そんななかツツジが手裏剣を打ったかと思うと、縄をつけたクナイを投げて屋根へと突き立て、縄を滑るように登った。

晶も慌てて追おうとしたが、ツツジはすぐに屋根から飛び降りて戻ってきた。

「伊賀者を片付けました。負傷した残兵でした」

第三陣の長にそう報告するツツジの横顔は、夜に咲く躑躅の花のように妖しく美しい。以前、ザクロが『ツツジはあれで優秀なくノ一で腕がたつ』と言っていたのを、晶は思い出す。あれは純然たる評価だったのだ。ツツジを守るなどとおこがましいことを言ってしまったことが、とたんに恥ずかしくなった。

歓楽街を抜けると、ひとりの甲賀者が待ちかねたように電柱から飛び降りた。

「戦況はどうなってる?」

第三陣の問いかけに、男は東のほうを指差した。

「第二陣は分断されて、十人ばかりあそこで足止めを食らってる」

示された先には、浅草公園の向こう側の、花屋敷(はなやしき)という遊戯施設の観覧車があった。目を凝らすと、その大きな遊具をいくつもの影が飛びまわっている。

「第一陣は蟲糸を追ってるのか？」

「ああ。蟲糸はあのなかだ」

男は今度は背後にそびえたつ巨大な建造物を指差した。

晶はどこまでも高い赤レンガ造りの八角塔に息を吞む。絵葉書では見たことがあったが、本物の凌雲閣を目にするのは初めてだった。十二階建てと知っていても、それはまるで天に続くかのように高い。雲を凌ぐ楼閣という名のままの姿だ。

そうして改めて目を凝らし、その塔の表面でもいくつもの影が飛びまわっているのに気づく。ふたつの影が交差して、片方が弾き飛ばされる。地上まで落下するかと思いきや、途中でまた宙へと跳ね上がる。忍同士が戦っているのだ。

「蟲糸は最上階にいるようです。内部から上がると敵に狙い撃ちにされるため、外壁から進攻しています」

「ならば、我らも外壁から援護をおこなおう」

ツツジが心配して言ってくれる。

「あたしたち第三陣はあくまで援護だけど、危険であることには変わりないからね。シンシャちゃんと地上で待っていていいんだよ？」

凌雲閣の高さは百七十三尺あるらしいが——晶は建物に威圧されながらも、冷静に考えようと努める。

「俺は山のなかで暮らしてきて、百四十尺の杉の木のてっぺんまで何度も登ったことがある。それより少し高いだけだ。俺もシンシャを負ぶって行く」

「……わかった。あたしが傍にいるからね」

蟲糸が晶の親の仇であることを、ツツジは虎目から聞いているのだろう。彼女の顔には励ます色が浮かんでいた。

凌雲閣の近くまで行くと、窓の縁に引っ掛けられた鉤縄が幾本も垂れていた。第一陣はすでに十階にまで到達しており、主戦場は八階以上になっている。敵も精鋭部隊の第一陣を阻むのに総力をそそいでいるようで、下の階は人気がない。

負傷して地上に降りていた四名に、救護部隊も兼ねている第三陣のくノ一たちが手早く応急処置をほどこす。

「伊賀者のほうはかなり片付けたが、最上階の蟲糸の髪が厄介だ。無尽蔵に襲いかかってくる」

蟲糸の髪の恐ろしさを身をもって知っている晶は身震いしつつも、シンシャを上空に連れていけるようにその体軀を縛った。縛り終えると、ツツジがシンシャを見て微妙な顔をした。

「それって……亀甲縛りだよね」

「荷物を運ぶときに便利なんだ」

「ああ、うん。そうだよね」

なぜかツツジが少し赤面してから、目を逸らした。

晶はシンシャを縛っている長い縄の端を自分の腰に巻いて、硬く結んだ。そのうえで、斜め掛けした風呂敷にシンシャを入れる。シンシャが風呂敷から顔を出して小さくワンと吠えた。

見れば、すでに第三陣は塔を登りだしていた。晶も垂らされている鉤縄を摑む。

特に敵の出現もなく、また杉の木で高所には慣れていたこともあり、晶が第三陣の甲賀者たちに後れを取ることはなかった。縄登りを叩きこんでくれた祖父に感謝しつつ、祖父はいつの日か孫が戦いに巻きこまれることも想定していたのだと、晶は知る。

『大丈夫じゃ。生きるのに必要なことはもうお前に教えてある。それに、お前を託せる者も見つけてある。決してひとりにはさせぬからの』

――俺は、大丈夫だ。必要なことは祖父ちゃんが教えてくれた。俺にはシンシャがついてる。そして俺には、虎目から分けてもらった大切な命がある。

命を一度失うまで、人を傷つけたくないという強固な思いがあり、それが隙となってしまっていた。

しかしいまは、蟲糸を斃(たお)すという使命がある。それは第一に親の仇であるためだが、自分の出自である伊賀が蟲糸のような者に支配されてはいけないという思いも強い。新たな時代に忍がどう生き残るかを模索しているのは、甲賀も伊賀も変わりないのかもしれない。だからこそいま、舵取りを誤ってはいけないのだ。

うえから降ってくる手裏剣やクナイを避けながら、八階まで辿りついたときだった。

ふいにシンシャが背中でもがいたかと思うと、晶の肩に前脚を乗せて、ワウワウと鳴いた。鼻先を上層階に向けて、ひどく興奮した様子だ。

「シンシャ、危ないから風呂敷のなかにはいってるんだ」

そう諭しても、さらに身を乗り出して、ふたたびワウワウと鳴く。……すると、建物内部からワウワウと吠え返す声がかすかに聞こえてきた。

「……なかに、犬がいるのか？」

呟くと、シンシャがそうだと言わんばかりにワンと鳴いた。

伊賀者が使っている忍犬ということか。気になりつつも、晶は新たな鉤縄を登りだす。

どうやら十二階に虎目たち第一陣が到着したらしい。忍具や、断ち切られた蛇のような髪が雨のように降ってくる。それを懸命に避けていると、宙に長くて太い蛇が現れた——かと思うと、晶めがけてまっすぐ襲いかかってきた。

「危ないっ！」

ツツジが応戦しようとするとしかし、髪の蛇は二股に分かれて、ツツジと晶に同時に牙を剥いた。片手で縄を握ったまま、晶はクナイを構える。その晶の肩を、シンシャが蹴った。

シンシャは一瞬にして火の玉と化すと、蛇に食いついた。髪が焼ける匂いがして、椿油を含んだ髪が燃え上がる。

しかし同時に、シンシャを縛っている縄もまた焼けてしまっていた。

燃える蛇が暴れて、シンシャを宙に振りまわす。

「シンシャっ」

建物にシンシャが叩きつけられた。それがちょうど窓の部分だったため、ガラスの割れる音があたりに響く。

晶はもう一階分の縄を登り、割れた窓から九階へと飛びこんだ。敵の襲撃に備えてクナイを両手もちする。

「シンシャ、無事かっ?」

建物内部に人影はない。シンシャの身体が熾火(おきび)のように暗がりのなかで赤く光る。走るシンシャのあとを追うと、階段に出た。十一階へと駆けのぼったシンシャがワフンワフンと鳴く。

晶も十一階に上がる。十一階をぐるりと囲むバルコニー部分で繰り広げられている乱闘の凄まじい気配と音に圧し潰されそうな心地になりつつ、目をしばたたく。

暗がりに、五つの色が光っていた。シンシャの赤のほかに、青、黄、緑、紫だ。そしてその五色が互いにワフンワフンと嬉しそうに鳴いているのだった。

「犬——……」

呼応するように光る五色はいずれも犬のかたちをしていた。しかもシンシャと似たような小ぶりな体格だ。どうやら四匹の犬は、檻に入れられているらしい。

「シンシャ、どういうことなんだ？」

問いかけると、奥の暗がりから呻き声があがった。

そこには見たこともない奇妙なかたちの階段があった。螺旋階段が二重に絡み合っているのだ。その螺旋階段の手前に人がいた。椅子に座っている。

シンシャが飛び上がったかと思うと、その男に向かって走りだした。

「待て、シンシャ！」

シンシャは後ろ脚だけで立ち上がると、男の着物の膝に前脚をかけた。そして千切れんばかりに尻尾を振る。

しかし、シンシャの光る体軀に照らされた男の顔は、晶の知らぬものだった。髪が真っ白であるものの、四十代ぐらいのようにも見える。その目は上瞼と下瞼が癒着したように引き攣れたまま閉ざされている。

男がシンシャへと、擦れた声で告げた。

「——その声は、お前、赤の介であるな」

シンシャがワオンと答える。

どうやらシンシャはこの男と縁があるらしい。晶はクナイを握り締めたまま男へと近づき、問いかけた。

「シンシャのことを、知っているんですか？　あなたは、いったい…」

すると男が顔を跳ね上げて、開かない目で晶を見詰めるようにした。その白い眉が歪む。

「そちらは、もしや赤の介の主殿であられるか？」

「はい。シンシャの主です」

そう答えたとたん、男は身を震わせた。

「ああ——無事でおられたのか。晶さん」

突然、名を呼ばれて、晶は鼻白む。男が嗚咽交じりに続ける。

「私は流しの犬師、野路丸と申す者。赤の介……シンシャをあなたのお祖父さまにお渡しした者です。晶さんのことをお祖父さまから託されておりましたのに、お迎えに上がる途中で、そのことを知った蟲糸に捕らえられてしまったのです」

「——祖父が言っていたのは、あなたのことだったのですか」

晶は男に駆け寄った。そうして男が、髪で椅子に縛りつけられていることを知る。クナイで髪を断ち切る。

改めて近くで見て、男の手足の爪がすべて失われていることに気づく。

「ご……拷問、を？」

「どうか、なにも気になさらずに。私は十にもならぬころ、道中で野盗に襲われているところを、お祖父さまに助けられたのです。両親をその折に亡くした私を気の毒がって、お祖父さまが忍犬の育成者を紹介してくださり、その道で身を立てるようになったのです」

祖父が亡くなってから一年以上がたつ。そのあいだ、野路丸はずっと蟲糸に捕らえられて、晶の居場所を教えるようにと苛まれつづけてきたのだ。

蟲糸の残忍さは、晶もよく知っている。

――おそらく、目のほうも蟲糸に……。

憤りに身を震わせていると、階段を駆けのぼる足音が聞こえ、ツツジが十一階に飛びこんできた。

「ああ、無事でよかった」

走り寄ってきながらもツツジが忙しなく視線を動かす。

「内部に伊賀者がまったくいないのはおかしくない？　なにか――」

階段を見上げたツツジが、零れ落ちそうなほど目を見開いた。晶も振り返り、全身を硬直させた。

二重螺旋階段を、二匹の大蛇が滑り降りてきていたのだ。それぞれ、晶の腕ではかかえきれないほどの太さがある。

「蟲糸の蛇だ――っ」

野路丸の腕を摑んで逃げようとしたが、あっという間にふたりともそれぞれ蛇に搦め捕られた。

『月長の言っていたとおりであったな』

蟲糸の声が髪を伝わって聞こえてくる。

『甲賀の頭領が甦りの術を会得して、お前を甦らせたとな。畢竟、甲賀の頭領の弱点はお前であるということ』

晶をおびき寄せるために、野路丸と犬たちを囮にして罠を張ったというわけだ。

シンシャが火の玉と化して、晶を搦め捕っている蛇へと噛みつく。しかし焼けたかと思うと新たな髪が足され、大蛇はさらに強く晶を締めつけた。

「うぅ…」

『お前をいま一度いたぶれるかと思うと、たまらんのう』

舌なめずりをする音まで、伝わってきた。

大蛇から枝分かれした髪の蛇がツツジへと襲いかかる。ツツジは鳥の子を放って蛇を爆破して反撃を試みるものの、次から次へと襲いかかられて、次第に逃げるのが精一杯になってくる。

「ツツジ、ここはいいから逃げてくれっ！」

そう叫ぶ晶の身体を捕らえたまま、大蛇が螺旋階段から首を引いていく。

ふたたびシンシャが大蛇に嚙みつき、わずかに腕のあたりの拘束が解けた。晶は咄嗟に長い縄つきのクナイを放ち、その端を自分の手の甲に巻きつけた。

あっという間に十二階に連れ去られたかと思うと、最上階の割れた窓から外へと突き出された。蟲糸の本体は最上階にいて、十二階のすべての窓から大蛇のごとき髪束をうねらせているのだ。それぞれの大蛇には伊賀者が数人ずつ跨り、空中戦を優位に運んでいた。

さらに高々と夜空へと差し上げられて、晶は上空の強風に煽られながら眼下を見る。

月明かりに照らされた浅草の街は、まるですべてを小さく作った模型であるかのようだ。

手首・足首・胴体・首に髪が巻きついてくる。

『甲賀の頭領よ。晶のどこから断ち切ってやろうか？　それとも派手に八つ裂きといこうか？』

虎目は十二階の屋根のてっぺん、避雷針を摑んで立っていた。

「俺……俺のことは、気にかけないでくださいっ……どうか、蟲糸を！」

そう声を張って告げながらも、晶は縄を握っている左手を視線で示した。虎目が瞬きで反応したかと思うと、避雷針に巻きつけてあった縄を断ち切り、それに息を吹きかけた。

味方のための命綱として長く繋ぎ合わされた縄が身を躍らせながら大蛇に巻きついていく。

「縄を寄越せ！」

虎目の命に応えて、甲賀者たちが縄を投げ渡す。虎目は次から次へとそれに息を吹きかけ、大蛇すべてに縄を巻いた。

蟲糸の声が髪という髪から響く。

『愚か者め。このような拘束で我を止められると思うのか』

その言葉どおり、大蛇は縄を髪のなかへと呑みこみながら、見せつけるように威勢よく身をくねらせた。あまりに激しくくねらせたので、何人かの伊賀者が蛇から振り落とされた。

下方から犬たちの鳴き声があがった。十一階の外周に設けられたバルコニーに、五匹の犬と野路丸、そしてツツジが走り出てきた。甲賀者たちが加勢して蛇を退け、犬の檻を開けてくれたのだろう。

晶はシンシャと野路丸に届くように声を張る。

「それぞれの蛇に火を！」

嘲笑う震えが髪から伝わってくる。

『まだ無駄なこととわからぬのか。親に似て、愚鈍な息子よ』

親を悪く言われるつらさを、晶はいまは呑みこんだ。そして、下方を見詰めつづける。

シンシャはすぐに火の玉と化すと、十一階のバルコニーから壁を蹴って、凌雲閣の急勾配な屋根へと上り、跳躍した。晶を捕らえている髪の蛇に牙を立てて、着火する。

ほかの四匹も、野路丸の指示を受けて、シンシャと同じように青、黄、緑、紫の炎の玉と化してそれぞれ大蛇に嚙みついた。

『だから、このようなことは無駄であると――』

蟲糸の声が濁り、途切れる。

無理もない。いま、ヤマタノオロチのごとく凌雲閣の窓から突き出ている蛇たちは、いずれも炎に包まれつつあった。大蛇のなかに呑みこまれた縄が椿油をふんだんに吸い、蠟燭の芯の役割を果たして、髪を焼き尽くしているのだ。

『おの、れ――おのれ、晶ぁぁ』

晶の肢体が断ち切られる前に、虎目は燃える蛇の体軀を駆けのぼり、忍刀を振るった。すべての拘束を切断し、虎目は晶を小脇にかかえて屋根に着地した。

晶は虎目に抱かれたまま、凄まじい光景に見入る。

伊賀者たちが、暴れる大蛇から放り出され、叩き落とされる。落下を免れた者たちもそのまま撤退し、戻ってきて蟲糸を守ろうとする者はひとりもいなかった。

大量の髪が焼けた匂いと残骸が、夜風に吹き飛ばされていく。

いまや、髪の蛇は姿を消していた。

「まだ蟲糸に止めを刺してねぇ」

虎目が厳しい声でそう言うと、晶を片腕で抱いたまま屋根から十二階の外周バルコニーへと飛び降りた。シンシャもあとを追ってきて、光源となって内部を照らしてくれる。

そこには、黒くて丸いものがあった。ちょうど人が身を丸めたぐらいで、かたちは蛇の卵に似た楕円形だ。

晶を背に庇いながら虎目が用心深く歩を進める。

「死んで……は、いないようだな」

ほんのわずかにだが、卵が動いたのだ。

虎目は忍刀を卵に突き刺そうとした。しかし髪を鋼のように厚く硬くしているらしく、刃が弾かれる。

まだ夜明けまで時間はあるものの、割れた窓から見える東の空の闇はぼやけはじめている。もう撤収しなければならないが、卵をこのまま残しておくわけにもいかず、虎目は布を仲間から集めて、それを表面に張りつけるかたちで卵を封印し、縄で縛った。

蟲糸の卵は造花屋の地下に運ばれ、なにかあればすぐに対処できるようにと、虎目を初めとする甲賀の精鋭たちが取り囲んで監視した。晶もその場にいたが、半日たっても、卵はときおり身じろぎするように動くだけだった。

柱時計が夜の七時を告げてしばらくたったときのことだった。

ふいに、卵がミシリと鳴った――かと思うと、包んでいる布が床に落ちた。

黒い卵の殻は粉々に砕けていて、なかの蟲糸は干乾びた屍と化していた。

最後のあがきで粘ってみたものの落命したのだろうか。

一同は肩透かしを食らったような心地になったが、それからほどなくして驚愕すべき一報が舞いこんできたのだった。

午後七時二十五分、平民宰相が東京駅にて、暗殺者に襲撃されたのだった。

十三

平民宰相は心臓を刺されてほぼ即死状態であったという。暗殺者は大塚（おおつか）駅に勤める男で、このところの平民をないがしろにした宰相の動向に憤りを覚えていたらしい。

だが、彼に最後の一線を越えさせたのが蟲糸であったことは、まず間違いないだろう。

蟲糸は晶を操ったように、暗殺者を操ったのだ。

そして命を使い果たして、日本の歴史にひとつの大きな爪痕を刻んだのだった。

そのことに虎目は歯を嚙み鳴らして口惜しがった。座卓を殴って、いまもまた吐き捨てるように言う。

「蟲糸みずからが囮だったとはな。くそっ」

虎目も平民宰相に対して思うところはあったものの、暗殺という手法で解決するような簡単なことではないと考えているようだった。

そんな虎目に晶は言った。

「蟲糸にとっては、国も民もどうでもいいことだったんだと思います。むしろ、自分が支配できないのならば破壊することを望む男でしたから……」

蟲糸は国を動かす力を示すことで、伊賀の頭領になることを夢見ていたのだろうか？

それで結局、命を落とすことになったのだけれども。

目の前に蟲糸の卵がありながらまんまと暗殺を遂行させてしまった腹立ちは確かにある。しかし同時に、命を賭しても目的を果たした蟲糸の鋼の意志に——それが悪に属するものであったとしても——圧倒されてもいた。

——……俺は、もっと強くならないといけない。

蟲糸のような者に圧倒されない人間にならなければいけないのだ。

四階の廊下をドタドタと走る音がして、ツツジの声が聞こえてきた。

「虎目さま、いらっしゃいますか?」

「ああ、はいれ」と告げてから、襖を開けて膝を進めたツツジに虎目が小言を言う。

「くノ一とは思えない足音だったぞ」

するとツツジが頬を膨らませて言い返した。

「お取り込み中だとまずいからそうしようって、みんなで決めたんですもん」

その言葉に、虎目は苦笑し、晶は赤面する。

凌雲閣での戦闘で多くの負傷者が出たものの、だからなおさら、明るい空気を作ろうとそれぞれが努めている。甲賀の強さは、そういう一体感からくるものも大きいのだと晶は思う。

「それで、なんの用だ?」

促されて、ツツジが顔に緊張を走らせた。

「綾坂侯爵が、迎えの車を寄越してきたんです」

虎目が唸る。

「月長のことか…」

蟲糸によって連れ去られた月長は、綾坂侯爵の邸に匿われていた。

月長については、甲賀のなかでも厳しい処罰を求める声が大きい。敵方に寝返り、甲賀の情報を伊賀に渡していたのだから当然の反応だろう。しかし、幼き日から月長と深く交わってきた虎目は、懊悩している様子だった。

「伊賀者は邸から遠ざけてあり、必要なだけ同行者を連れて行ってよいとのことです」

「……綾坂堯雅は、攻撃的に対立する場合はそれをきちんと示す。言葉は信じていいだろう。連れはいらない」

しかし、ひとりで行かせたくなくて、晶も座卓の向こう側の虎目と一緒に立ち上がった。

「俺も行きます」

難しい顔をする虎目が口を開く前に、晶は廊下へと先に出た。

綾坂が寄越したやたらと鼻の長い外国車に乗りこんでからも、虎目は眉間に皺を寄せて、考えこんでいた。その膝からシルクハットが落ちても気づかないほどだった。晶はそれを拾うと、自分の膝に載せて、小声で言った。

「……虎目が甲賀のために自分の気持ちから目を背けるのは、俺は嫌です」

自分がどう思うかなど虎目には関係のないことだろうが、それでも伝えたかったのだ。虎目はなんの反応も示さずに、相変わらず睨みつけるように険しい視線を窓の外に向けていた。

自動車が綾坂邸の立派な門を抜ける。美しい前庭を進み、車寄せで停まると、運転手が後部座席のドアを開けて慇懃に頭を下げた。

シルクハットを被って先に車を降りた虎目が、手を差し伸べてきた。

晶は心臓がコトコト鳴るのを覚えながら、その手を素直に頼って降車する。

邸の正面玄関まで、綾坂堯雅はみずから迎えに出てきた。虎目と堯雅のあいだに重い空気が流れたものの、以前のように電流が弾けるような剝き出しの敵意は、どちらも見せなかった。

「ようこそ、我が邸へ」

紳士的に挨拶をしてきた堯雅に、虎目もシルクハットを取って会釈を返す。

応接室に通されると、対面するかたちで置かれた長椅子に、着物姿の月長が俯いて座っていた。目が落ちくぼみ、顔も身体も骨ばってしまっている。

……ふいに、綾坂家の蔵で見た、月長の涙が思い出された。

『虎目さまも堯雅さまも、どうしてあんな綺麗ごとしか頭にない人間に囚われつづけているんだろうね？　お陰で僕は、どこにも身の置きどころがないよ』

自分を窮地に陥れたことがある相手なのに、晶は月長に恨みだけではない感情をいだく。

虎目と晶に長椅子に座るように促してから、堯雅は月長の横に腰を下ろした。紅茶が運ばれてくると、堯雅は人払いをした。

そして、震える吐息をついてから、口を開いた。

「まず、春沖のことで、話しておかねばならぬことがある。君も弟とは、ひとかたならぬ縁を結んだ仲であったからな」

春沖の名を耳にしたとたん、虎目が深く身を乗り出した。その姿に晶の胸は軋む。

「春沖のことで、なにが？」

「……あれの命を奪ったのは、蟲糸であった」

濁った声で堯雅が続ける。

「春沖の自死は、蟲糸によって操られたものだったのだ。それによって、蟲糸は私の虎目殿に対する憎悪を煽ったのだ。君に誑（たぶら）かされた末のことと思いこみ、犬畜生と君を罵（のの）りもした」

虎目が茫然自失ののち、呻くように問いただす。

「それは……まこと、なのか？」

すると月長が伏せている顔をさらに俯けて、言った。

「蟲糸は嗤いながらそう語っていました」

「そんな――」

「僕はそれを聞かされて、蟲糸に礼を言いました」

一拍の間があってから、虎目がテーブルに片足を乗せて、月長の胸倉を摑んだ。

「自分がなにを言ってるか、わかってるのかっ⁉」

月長がゆるりと瞼を上げて、虎目を見詰めた。

「よく、わかっています」

「……どうしてだっ。お前はそんな奴じゃなかったはずだ」

月長が唇を嚙み締めて、身を震わせ、言葉を絞り出すように告げた。

「いいえ、虎目さま。僕は初めからこんな人間だったのです。少なくとも、あなたと初めて接吻したころには、もう」

「――――」

虎目が長椅子に尻餅をつくように腰を落とした。その握り締められた拳は落とす先を見失って震えている。

虎目のなかではいま、春沖を想う気持ちと、蟲糸に対する憤怒と、月長に対する複雑に混ざった気持ちとが入り乱れているに違いなかった。

そのきつく嚙み締めた唇から顎へと血が流れ落ちるのを見て、晶はたまらずに虎目の拳を両手でくるんだ。

大きく瞬きをしてから晶に焦点を合わせると、虎目の身体から力がいくらか抜けた。晶は懐から出した懐紙で、虎目の口元の血を拭った。

虎目がひとつ深呼吸をして、「お前を連れてきてよかった…」と呟く。そして堯雅へと視線を向けた。

「俺は、お前が思想のことで春沖を責め立てて、春沖は思想を守り抜くために自死したものと思い違いをしていた。俺もまた蟲糸にいいように操られていたわけだ」

堯雅が頷く。

「私たちが対立する立場にあることは変わらない。虎目殿は平民の台頭を理想とし、私は綾坂の主として華族という存在を守らなければならない。そしてこれから先の世では、もっと複雑な対立が何重にも生じてくるのだろう」

「そういう話を、春沖ともしていた」

虎目がどこか懐かしがるような声音で言うと、堯雅が微苦笑した。

「私はよくそれで春沖と言い争いをしていた。……私は、春沖を深く愛していたのだ」

綾坂侯爵家の主として、兄として、堯雅は彼なりに春沖を守ろうとしていたのだろう。

月長が膝に額をつけるかたちで身を折って、苦しげに呟いた。

「だから、春沖さんをどうしても甦らせたくなかった」

晶はその言葉でようやく気づく。

月長はまだ虎目が甦りの術を転写できていないと思い、転写が遂行される前に晶を蟲糸に投げ与えた。それを、虎目への恋情のためだと思いこんでいたのだけれども。

——月長さんのいまの想い人は堯雅さんで、堯雅さんを奪われたくないから春沖さんが甦るのを阻止したかったんだ。

堯雅はしばしのあいだ月長を見詰めていたが、その嗚咽にわななく背に、そっと手を載せた。言葉はなかったが、それで伝わるものがあったのだろう。月長の震えが治まっていく。

虎目が厳しい声で「月長」と呼びかけ、粛々と告げた。

「お前を甲賀から追放する。幼馴染でありながらお前の暴走を止められなかった俺にも罪はあるから、追放以上の咎を科すことはない」

それから、堯雅に向かって言う。

「こうして真実を告げてくれたことには心から感謝する。だが、お前の言うように、俺たちの対立は変わらない」

長椅子から立ち上がりながら、虎目は低めた声でつけ足した。

「月長のことは、頼んだ」

帰りの車のなか、虎目が晩秋の車窓の景色へと視線を向けたまま、手探りで晶の手を握ってきた。そして呟く。

「俺は、自分の気持ちから目を背けずに、答えを出した」

「……はい」

こんなふうに、身体の一部が触れ合っているだけで、うるさいぐらい心音が高鳴る。

晶は切ない気持ちで虎目の横顔を見詰めた。

虎目には甦りの術が宿っている。その気になれば、春沖を甦らせるために術を使うことができる。

ただし、すでに晶を甦らせた虎目にとって、それは落命を意味する。

しかも魂の残量からすると、春沖を甦らせることもできずに無為に命を落とす可能性も高い。

——嫌だ……。

想像するだけで、心臓が爆発しそうになる。

——絶対に虎目を死なせたくないっ。

しかしそれを虎目に訴えることができないうちに、自動車は造花屋についた。

玄関をはいると、廊下で五匹の犬が走りまわっていた。いずれも万呂眉をつけた柴の仔犬のようで、茶色い毛ではあるものの、微妙に赤、青、黄、緑、紫と帯びている色合いが違う。

シンシャが晶に気づいて、全力で駆け寄ってくる。その頭と身体を両手でワシワシと撫でまわしていると、野路丸が近づいてきた。目が見えない主を守るように四匹の犬が賢げな顔で周りを固めている。

「シンシャが兄弟と会えて、よかったです。本当に嬉しそうで」

そう言いながら、晶は躊躇いを覚える。

「シンシャはもしかすると、兄弟たちといるほうが幸せなのかな…」

呟くと、野路丸がまるで見えているかのように、晶を見詰めて言ってきた。

「私は明後日にはここを発つ。晶さんも、一緒に来るかい？」

終幕

その夜、晶はふたつ並べて敷かれた布団の横の畳に正座をして、虎目が来るのを待った。

深夜になってようやく虎目が寝所にはいってきて、たたらを踏んだ。

「まだ起きてたのか」

「折り入って、お話があります」

虎目がなぜか不貞腐れたような顔をして、晶の前で胡坐をかいた。そして先に喋られるのを封じるかのように、早口で言ってきた。

「野路丸には、俺のほうから断りを入れておいた」

「それは——」

「絶対に駄目だ。俺の傍を離れることは許さない」

まるで一点張りの駄々っ子みたいな顔つきと言い方をするから、晶は思わず笑ってしまった。

「なにがおかしい？」

いよいよ不機嫌な顔つきで、虎目が文句をつける。

「お前、まさか俺と離縁してもいいとか、思ってるんじゃねぇだろうな」

「——俺は……」

言い淀みそうになって、しっかり本心で虎目と話し合おうと、晶は腹を据える。緊張に肘を張って、腿に置いた拳をギュッと握る。

「俺は、虎目が思ってるよりもずっと身勝手な人間なんです」

自分を奮い立たせて吐露する。

「だから、月長さんの気持ちが少しわかります」

虎目が「どういう意味だ？」と鼻白む。

「俺もずっと、春沖さんに嫉妬していました。虎目の尊敬も愛情も受けて、ともに戦えるだけのものをもっているのが、心の底から羨ましくて、妬ましかったんです。……確かに虎目が言うとおり、俺なんかが難しい本を読んでも、春沖さんのようにはなれません。それでも、本を取り上げられたときはつらくて……」

「いや、待て。俺はそんなことは言ってないぞ」

しらばっくれる虎目を、晶はキッと睨んだ。

「言いました。『お前ごときがこんな知識を頭に入れて、なんになる？』って」

思い当たったらしく、虎目がおのれの髪を乱暴に掻きまわした。

「あー……あれは、違う」

「なにが違うんですか？」

誤魔化されるものかと気を張る晶に、虎目が頭を下げた。

「俺の言い方が悪かったのは間違いない。それは謝る。だがな、俺はお前を巻きこみたくなかったんだ」

「……どういうことですか？」

「春沖は俺に政治に関する広い知識をくれた。いろんなことを話し合い、それが結果的に春沖の思想を強固なものにして、暗殺者に狙われたりもしていた。春沖の自死も、思想ゆえのものだと今日まで思い違いをしていたしな……」

虎目が晶へと手を伸ばす。晶の両拳を、左右の手でそれぞれ強く包む。

「お前は心ある人間だ。きっと危険を顧みずに、社会の改革の力になりたいと願うようになるだろう。だから、どうしても政治思想からは遠ざけておきたかったんだ」

虎目が眉根を寄せて訴える。

「初めはお前を利用することしか考えてなかった。だがいつの間にか、お前をこの造花屋という箱に入れて、壊れないように大切にしておきたいと、願うようになってしまった。……お前の意思を無視してでも」

確かに考えを無視されていたけれども、虎目の言葉は、痛いほど胸に響いていた。

――大切に、しようとしてくれてたんだ……。

あのような乱暴な物言いになったのも、その思いが強すぎたせいだったということか。

「だから身勝手なのは、俺のほうなんだ」

晶は首を横に振る。

心臓がまた爆発しそうになっていた。それを今度こそ言葉にする。

「俺はなにを犠牲にしても、虎目に生きていてもらいたいんです。虎目が自分自身の命よりも春沖さんを大切にしていたのは知っています。……それでも、虎目が春沖さんを甦らせるために命を落とすのは嫌なんですっ」

告白を絞り出す。

「俺と——俺と生きてください！」

金褐色の眸が波打ったように見えた。

晶の両肩を大きな手指が摑み、獣のように深く爪を立ててきた。

虎目が震える溜め息をつく。

「なにが甲賀の頭領だ。俺は、ただのずるい男だ」

額に、虎目の額がくっつく。

間近から見据えられる。

「俺はお前に、こんなふうに心底から求められたかったんだ」

「虎目……」

「俺も、お前と生きたい」

「——」

「お前を喪ったとき、俺はなにを差し出してもお前を取り戻したいと、焼けるように願った。そしてお前が甦ったとき、二度とお前と離れるまいと誓った。……そのために春沖を甦らせられなかったとしても」

つらさと情熱の混ざった涙が、虎目の眸から滴り落ちる。

晶の瞠った目からも、涙が次から次へと粒になって転げ落ちていた。

限度を超えた感情が押し寄せてきて、もう身を起こしていられずに上体を伏せる。虎目の胡坐の膝に額をきつくきつく押しつける。

——選んで、くれてたんだ。

自分がいま、ここにこうして存在していてよいのだと、ようやく思うことができていた。

「晶、晶？」

甲賀の頭領ともあろうものがあまりにオロオロした声音で呼びかけてくるから、晶は泣き笑いになりながら、虎目の膝に縋ったまま顔を上げた。そして教える。

「なにがあっても離縁はしませんから、覚悟してください」

「それはこっちの台詞だ」

自分を見詰める虎目石のような眸が、眩しいまでに煌めく。

大きな手に頬を挟まれて、唇に嚙みつかれた。

「す、少し、待ってください」

褥に押し倒された晶は、虎目の下で乱された襦袢の前を掻き合わせた。

胸を舐めまわしていた虎目が不服そうな顔で晶を見返してから、ふと口元に笑いを滲ませた。

「っ、赤べこって、いま思いましたよね」

「可愛くていいんじゃねぇか？」

そう言いながら虎目が襦袢の裾を割って手を差しこんできた。

じかに茎に触れられて、晶は両手で虎目の手首を摑む。

「さわら、ないで」

まだ接吻をして首筋や胸を舐めたり吸われたりしただけなのに、すでにそこが痛いほど張り詰めてしまっていた。それで待ってもらおうとしたのに、虎目が陰茎を執拗にいじる。

「ゃ…や…ぁ」

「びしょ濡れだな。ああ、また漏らした」

からかい交じりの言い方をされて、晶はさらに顔を赤くして涙ぐむ。

「本当、に、なにかおかしい、んです」

懸命に訴えると、虎目が目を眇めて、下に身体をずらした。そして改めて腰紐から下を左右に割り開いて、陰茎を剝き出しにする。

間近から眺められて、包皮から出た赤い実が、震えながらまた新たな蜜を零す。

「どう、おかしいんだ？」

虎目の吐息がかかるだけで、茎がしなる。

「……」

「言ってみろ」

「お、しっこ、が出そうで」

言ってから、もう消えてなくなりたくなる。このままでは本当に虎目の前で粗相をしてしまうに違いない。

「厠に行ってきます」

起き上がろうとすると、しかし虎目が顔を晶の下腹部に埋めた。一気に茎を根元まで咥えられて、晶は後ろ手をついた姿勢で全身を跳ねさせた。

「やだ——やだぁ」

拳で虎目の背中を殴る。

——どうしよう……虎目の口に、粗相を……っ。

懸命に下腹に力を籠める。尿意をこらえようとして、全身がブルブル震えだす。

晶は本当に追い詰められているのに、虎目は根元まで含んだまま、舌で裏筋を舐めまわし、茎を啜るようにする。亀頭を喉できゅうっと潰されて、頭の芯が痙攣した。

「ぁ…ぁ、……う、あああ」

茎の中枢を根元から先端まで、熱いものが通り抜けていく。しかしそれは、小用のときの感覚とはまったく違っていた。全身がガクガクと跳ねる。

「ひ、う…」

晶は上体を倒すと、腰をきつくよじって凄まじい感覚に耐えた。

ようやく虎目が下腹部から顔を離す。そうして、晶のうえで四つん這いになると、口を開いて舌を出した。

「え…?」

厚みのある舌は、白い粘液にまみれていた。その重たい粘液が垂れて、晶の胸元に落ちる。それを指で掬ってみる。

「──これ、って」

口内に残ったものを嚥下してから、虎目がにやつく。

「ようやく精通したな」

恥ずかしさと嬉しさとが入り混じって、どんな顔をしていいのかわからないでいると、虎目が口を重ねてきた。舌がはいってきて、自分の種の味を教えられる。

いったん堰を切ったせいなのか、もう虎目にどこをどんなふうに触られても舐められても、すべてが甘い痺れとなって陰茎を疼かせた。

うつ伏せで尻だけ上げた姿勢で、山梔子の香りのする軟膏まみれの指で後孔を嬲られている最中に、二度目の射精が訪れた。

息を乱していると、すでに羽織っていただけになっていた襦袢を脱がされた。全裸で仰向けにされる。

虎目がみずからも襦袢を脱いだ。

脚のあいだに虎目のがっしりとした腰がはいってくる。腫れきった大きな先端を押しつけられるだけで後孔がヒクつきだす。そこにグッと重さがかけられた。蕾を丸く押し拓かれていく。

「虎目——虎目……」

呼びかけながら下から抱きつくと、虎目が抱き返してくれる。その肉体の重みと熱を感じながら、行きつ戻りつしつつ次第に腹の深い場所へと至るものを受け止める。

久しぶりの行為のために苦しさはかなりあったが、それでも満たされていく感覚が強く打ち寄せてくる。

「あああ——あっ」

根元まですべて含まされたとき、晶はまた全身を激しくわななかせた。

自分の陰茎に触れてみると、ほんのわずかに白濁を漏らしていた。

「……どうしよう。壊れた、みたいです」

不安になりながら指に附着した白濁を虎目に見せて訴えると、虎目がその指を食べるみたいに口に含んで、急に激しく腰を遣いだした。

果てたばかりなのに内壁を荒々しく擦られては掻き混ぜられて、晶は呼吸もままならなくなる。切羽詰まって虎目にしがみつく。

「すげぇ吸いついてるぞ」

囁かれて首を横に振るけれども、そのとおりだった。

虎目が腰を引こうとすると、粘膜がぎっちりと絡みついて癒着したようになり、引きずられてしまう。あまりに貪欲な自分の身体に、嗚咽が漏れる。

虎目が甘く濁った声で訊いてくる。

「一緒に果ててみるか？」

あの快楽を、虎目と共有できるのかと思うと胸が高鳴って、晶は今度は首を何度も縦に振る。

そんな晶に愉しげに笑いかけてから、虎目が晶の身体を小刻みに揺さぶりだした。繋がっているところすべてを捏ねられる感触に、内壁がとろとろに蕩けだす。

「ぁ…い、ぃ——きもち、い…は……ぁ、あ、あ」

虎目のものがいっそう硬さと太さを増して、身を力強くくねらせる。

「ぅ、く——、あきらっ」

余裕のない声で呼びかけられたとたん、粘膜が締まりきって痙攣した。

「あ、ん、あぁぁあ」

体内にドクドクと種液を蒔かれるのを感じながら、晶もまた陰茎から白濁を零す。

何度も何度もふたりとも腰を跳ねさせる。結合したところが溶けて、虎目とひとつになってしまったかのようだった。


仰向けになった虎目に跨る姿勢で、晶は身をわななかせる。茎から薄くなった種液が、とろりと溢れた。

肩で息をしながら、虎目の硬い腹部に両手をつく。

すでに障子には、朝の光が映っている。

もう互いに何度果てたかわからないけれども、常人とは違う体力と、そして気持ちまで繋がりきれた昴ぶりとで、終わったとたんにまたどちらからともなく行為を始めるのを繰り返してしまっていた。

「お前は、いい嫁さんだ」

からかわれたのかと思ったが、虎目はにやけてはいるものの満足げな喜色を滲ませている。

晶は虎目を見下ろし、少し怨じるように尋ねた。

「いつ……ですか？」

「ん？」

「いつ、甦りの術を転写できたんですか？」

その時が、自分が身も心も虎目に捧げたときだったのだ。

虎目が上体を起こし、対面するかたちで晶を胡坐に載せて、腰を撫でる。

「お前を初めて最後まで抱いたときだ。視界が一変して、目の不調かと疑ったが」

「視界？」

虎目が眸を覗きこんできながら言う。

「お前の目には、普通の人間が見えない存在そのもののかたちが映ってる。なんといえばいいんだろうな……幽体みたいなものか？　人間・犬・草木——すべてのものの幽体が光って見えて、眩しい」

生まれてからこのかた自分の視界しか知らないから、ほかの人間とそこまで見え方が違うとは思っていなかった。

「魂のかたち、です」

「石っころにも魂があるんだな」

「変な世界に見えますか？」

眉間に皺を寄せて訊くと、虎目が目を細めた。

「深みのある綺麗な世界だ」

「本当、ですか？」

虎目が頷く。

「こんなふうに世界が見えるようになっただけで、得した気分だ。唄や楽器がうまい奴は耳がいい。それと同じように、絵がうまい奴はものを見る目からして違うのかもしれねぇな」

自分の能力のかたちを、いまさらながらに認識させられる。

「……じゃあ、俺と虎目は、世界でふたりきり、同じものを見てるんだ？」

「そういうことになるな」

「すごく嬉しい」

素直に気持ちを伝えると、繋がったままの虎目のものが膨らんだ。

「ぁ…」

下からゆるく揺さぶってくる虎目の腰を両手で押さえて、晶はもうひとつ問いたかったことを口にする。

「──でも、そんなに早くに転写してたのに、月長さんにまだ落ちてないって……倉庫で」

「ああ、あれは嘘をついた。落ちていると周りに知れたら、結論を出さないわけにいかなかったからな」

虎目が真面目な顔つきになって、続ける。

「俺はこの大正の時世にどういうかたちで甲賀者たちをまとめていくか、必死に模索してるなか春沖に出会って、あいつに支えられた。その春沖を甦らせるためにお前を捜し出して自分のものにしたが……お前といると、不思議と気持ちがなごんだ。利害も立場も忘れて、人を想うことを初めて知った」

虎目が額に額をくっつけてくる。近すぎる距離から見詰められる。

「『したたかに変わっていかなければならないのですよ。社会も人も』……春沖からもらった大切な言葉だ」

つらさと決意が、金褐色の眸を煌めかせる。

「お前と出会って、その言葉の厳しさをようやく理解できた」

「虎目……」

「俺を落として変えたのはお前だ。責任を取れ」

「え…あっ――ぁあ…んっ」

大きく揺すり上げられて逞しい肩に抱きついたときだった。

廊下をわざとらしくドタドタと歩く足音が聞こえてきた。きっとツツジに違いない。晶は慌てて腰を上げようとしたが、その腰を押さえつけながら虎目が笑い含みの大声で言う。

「今日はずっと、取り込み中だ」

なんということを言うのだと晶は慌てふためいたが、廊下から「はいはーい。ごゆっくりー」というのんびりしたツツジの声が聞こえてきた。

次にツツジに会ったとき、どんな顔をすればいいのか。思い惑っているうちに、虎目が身体を繋げたまま晶を仰向けに押し倒した。

「今日ずっと、なんて、しません」

口では異議を唱えるのに、体内が離れたくないと虎目のものに吸いつく。

「お前の身体はえらく正直者だな」

「……」

「それに、忘れたのか？　俺が自分の気持ちから目を背けるのは嫌だと言ったのは、お前だぞ」

「こ、こういう意味で言ったんじゃ――」

「俺の気持ちを、しっかり受け取れ」

勝手なことを言って腰をうねらせはじめる男を睨みつけるものの、すぐにもう意地を張れなくなって、晶は夫の躾（しつけ）という課題をかかえたまま、今日だけは流されることにした。

あとがき

こんにちは。沙野風結子です。

今回は、大正浪漫で少年で忍で花嫁、ワンコ盛りのお話でした。

表テーマは合法少年、裏テーマは万能髪触手となっております。少年を書きたい発作が起こって、設定を練り上げました。

虎目は男女問わずにモテまくりですが、晶もそのうち男女問わずにモテまくる素敵な人になると思われます。夫婦で、甲賀女子ズの萌えネタにでもされればいいのです。

奈良千春先生、今回もキャララフから心を奪われました。ワンコの可愛さ！　すべてが詰め込まれている表紙には圧倒されまくりました。本当にありがとうございます。

担当様、いつもお世話になっております。濃やかなアドバイスに助けられました。

デザイナー様ならびに出版社様、本作に携わってくださった方々にも感謝を。

そしてこの本を手に取ってくださった皆様、ありがとうございます！　一般的王道と私的王道（触手）を混ぜた本作、楽しんでもらえるところがあったら嬉しい限りです。

沙野風結子先生、奈良千春先生へのお便り、
本作品に関するご意見、ご感想などは
〒101-8405
東京都千代田区神田三崎町2-18-11
二見書房　シャレード文庫
「少年しのび花嫁御寮」係まで。

本作品は書き下ろしです

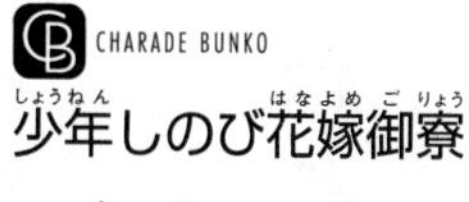

2021年6月20日　初版発行

【著者】沙野風結子

【発行所】株式会社二見書房
東京都千代田区神田三崎町2-18-11
電話　03(3515)2311[営業]
　　　03(3515)2314[編集]
振替　00170-4-2639
【印刷】株式会社 堀内印刷所
【製本】株式会社 村上製本所

落丁・乱丁本はお取り替えいたします。
定価は、カバーに表示してあります。

ISBN978-4-576-21076-6

https://charade.futami.co.jp/